KB127055

꽃제비의 소원

탈북 천재방랑시인의 외침 1

모든 인간은 태어날 때부터 자유롭고, 존엄성과 권리에 있어서 평등하다. 인간은 이성과 양심에 따라 형제애를 가지고 서로 행동해야 한다.

–UN인권선언 제1조

All human beings are born free and equal in dignity and rights. They are endowed with reason and conscience and should act towards one another in a spirit of brotherhood.

- ARTICLE 1

이 눈물에 푹– 젖은 한 권의 시집을

굶어 죽고 얼어 죽고 지금은 그 대부분이 죽어간

그러나 불쌍한 그 영혼들이 아직도 구천에서 정처없이

떠돌고 있을

나의 옛 꽃제비 친구들에게 삼가 바칩니다…

이 첫 시집이 나오기까지…

이 가련한 '꽃제비 시인'과 함께 울어 주세요!

도명학 / 국제PEN클럽 망명북한PEN센터 사무국장

제3세계 OO지역에 체류 중인 탈북자 백이무 시인의 존재를 알게 된 것은 지난해 늦가을 어느 날, 조선일보 기자이며 북한전략센터 대표인 강철환 씨가 전화를 걸어왔다. 그는 요덕정치범 수용소 출신으로 북한 내 정치범수용소 실체를 처음으로 알린 탈북자다. 그의 저서 「수용소의 노래」는 미국의 부시 전 대통령도 읽었고 그를 미국에 초청하여 만난 바 있다. 한편 그는 국제펜클럽 망명북한펜센터 이사를 맡고 있다.

그는 중국을 거쳐 OO에 은신중인 20대 여성 탈북 시인을 찾았다며 그의 시 100여 편을 입수했다고 했다. 놀라운 소식이었다. 더구나 시인이 꽃제비 출신이라고 하니 처음에는 선뜻 믿겨지지 않았다.

강철환 대표는 시를 읽어보았는데 천성적으로 재능을 타고 난 것 같다며 그를 망명북한펜센터에 가입시

키자고 했다. 놀라움과 반가움, 반신반의가 교차하는 순간이었다.

강 대표에게 그를 데려 오자고 했다. 언제 무슨 일이 터질지 모르는 그 위험한 타국땅에 시인을 그냥 있게 할 수는 없었다. 그러나 강 대표는 백 시인이 한국에 올 처지가 못 된다고 했다.

그동안 몇 차례 붙잡혀 북으로 강제송환될뻔한 절체절명의 처지에서 자신의 생명을 보호해준 분과의 정리상, 그리고 북한에 남아있는 친동생과 친척동생들에게 돈을 보내 돕기 위해 일을 하고 있다는 것이다. 동생들을 돕자면 한국에 와서도 얼마든지 도울 수 있는데, 무슨 사연이 있는 것일까?

나중에 알고 보니 어떤 약조가 있었다. 시인은 갈 곳 없는 탈북자를 보호해 주고 북한에 있는 동생들을 도울 수 있게 해준 그 고마운 분의 은혜를 저버리고 그냥 떠날 수 없다는 거였다. '사람이 의리를 저버리면 짐승이나 다를 바 없다' 는 것이 시인의 반듯한 양심이었다.

이 시집 「꽃제비의 소원」에는 대략적인 자기소개도 들어있다. 시인은 북한에서 어린 나이에 여러 번이나 '전국글짓기경연대회' 에 참가해 1등을 했었다. 이 경연은 북한 최대의 학생 글짓기 경연이며 30여 년전에 시작된 이래 현재까지 매년 진행되고 있다. 고등중학교(남한의 고등학교)졸업 때 이 경연을 통해 실력이 인정 되면 북한 최고명문이라 할 수 있는 김일성종합대학 조선어문학부에 진학할 수 있다. 창작적 재능만 평가해 입학시키는 사실상 특별전형인 것이다.

필자도 제1차 '전국글짓기경연대회' 부터 제3차까지 참가해 각각 1, 2, 3등을 한바 있다. 고등중학교 졸업을 앞두고 대학선택을 고민하던 때, 김정일이 김일성종합대학 조선어문학부 실태를 요해했다. 요해 결과는 김정일을 실망시켰다. 김정일은 대학생 실력이 고등중학생보다 낮다며 질책했고 그 때문에 덩치 커다란 대학생들이 전국글짓기경연대회 작품을 통독하며 반성해야 했다.

김정일은 개선책으로 해마다 진행되는 전국글짓기경연에서 우수한 학생들을 선발하여 김일성종합대학 조선어문학부에 입학시키라는 특별지시까지 내렸다. 필자는 그 첫 번째 수혜자였다. 그때로부터 30년이 지난 지금도 이 관행이 계속되고 있다. 경험으로 보아 여섯 번이나 1등을 따낸 백이무 학생이 김일성종합대학에 가는 것은 정해진 수순이다.

하지만 세상은 너무도 잔혹했다. 때를 맞춘 듯 찾아든 북한의 소위 '고난의 행군' 은 장래가 촉망되는 어린 소녀에게 사정없이 찬 서리를 들씌웠다. 무려 300만 명이 아사한 그 엄혹한 시절, 부모를 잃고 동생들을 돌보며 꽃제비의 삶을 산 그에게 문학은 한갓 꿈으로만 남았다.

나중엔 고향을 등지고 두만강을 건너야 했다. 하지만 그녀는 꽃제비 시절과 이방에서의 고단한 생활 과정에도 시 쓰기를 멈추지 않았다. 시인에겐 함께 생활하다 죽어간 꽃제비들과의 약속이 있었다. 자기들의 비참한 처지를 언젠가는 꼭 글로 써서 세상에 전해달라던 그 부탁을 잊을 수 없었다. 그 약속을 지키고자 만든 시집이 바로 이 「꽃제비의 소원」이다.

강철환 대표는 백 시인의 시집이 한국에서 출판되기를 원한다며 망명북한펜센터가 돕는 것이 좋겠다고 제안했다. 당연히 우리가 도와야 할 일이었다. 또 금싸라기 같은 회원 한명을 얻어서 기뻤다.

하지만 우리 단체도 금방 출범해 첫걸음을 뗀 수준이라 솔직히 난감했다. 어디서 시집을 내면 좋을지 여러모로 고민했다. 호기심을 보이는 곳들이 있었다.

그런데 시집을 내주겠다는 출판사와 필자간의 소통이 난제였다. 국내 문인들도 출판사와의 조율이 어려운 경우가 있는데 하물며 먼 이국땅에서 은신해 신상노출을 절대 삼가하고 있는 시인의 처지를 어떻게 극복해야 할지, 그리고 홍보에도 한계가 있다는 생각에 전전긍긍해야 했다. 게다가 시집이 워낙 돈이 안 되는 책이다 보니 출판사들의 입장도 고려해야 했다.

어차피 좀 더 시간을 두고 진척시킬 수밖에 없다고 생각했다. 나중에 안 되면 탈북문인들이 협력해 자비 출판이라도 할 것을 작정했다.

그 때 뜻밖에도 백 시인이 반가운 소식을 전해왔다. 글마당출판사가 시집을 내주겠다고 나섰다는 것이다. 선뜻 믿겨지지 않았다. 급히 인터넷으로 검색해보니 그런 출판사가 정말 있었다. 좋은 책을 많이 만들어내는 출판사였다. 수익에만 급급한 출판사가 아니라 사명감을 우선하는 출판사임이 대번에 느껴졌다. 게다가 백 시인의 첫 시집 「꽃제비의 소원」 하나만도 감격한 일인데 이어서 두 번째, 세 번째 시집도 연속 출판할 계획이라니 감사함을 뭐라 표현할 길이 없었다.

시집이 나와도 저자는 자기의 첫 시집을 받아볼 수 없다. 아직은 신변안전 때문에 책을 보낼 방법이 없다. 출판사를 통해서 우선 출판된 시집을 사진으로 본 시인은 밤새 눈물을 흘렸다. 한 TV프로에서 자기의 시를 소개하는 장면을 보면서도 하염없이 울었는데, 그의 정체를 모르는 이방나라 사람들은 옆에서 의아한 눈길로 쳐다볼 뿐, 시인은 아무말도 할 수 없었다. 시인의 고단한 여정이 언제면 끝날지…. 아직은 아무것도 예측할 수 없다.

이 시집 「꽃제비의 소원」이 국내외에 널리 읽혀져

불쌍하게 죽어간 수많은 꽃제비들의 영혼에 위로가 되고, 북한인권 개선을 위한 공감대 형성에 크게 기여할 수 있기를 바란다.

끝으로 이 귀한 시집을 정성스럽게 만들어준 글마당 출판사 최수경 사장님께 감사를 드립니다.

차 례

제2부 눈을 감지 못한 아이

제3부　천국에다 쓴 편지

제4부 마지막 기도

제5부 족제비와 꽃제비

제6부 꽃제비의 소원

제 1 부

최후의 몸부림

© 안선숙

허탈

초근목피(草根木皮)
너를 보면 숙연해진다
너를 보면 지금도 허탈해진다

내 나라 민초들이 찾아 먹는
세끼 밥인 풀뿌리, 나무껍질
우리에겐 그것이
유일한 명줄인 밥이여서
너를 떠나 살수가 없었다

소중한 그런 너를
어찌 그저 평범한 밥이라고만 하랴
차라리 우리는
그것을 밥이라 말하지 말고
우리의 목숨이라 부르자

들에 가면 초근(草根)
그 쓰디쓴 풀뿌리 뽑아 먹고
산에 가면 목피(木皮)
그 질긴 나무껍질 벗겨 먹으며
겨우겨우 연명해온 우리 목숨

언녕부터* 밥으로 변신해
굶주린 백성들의 목숨을 이어주는
마지막 생명줄인 너를 떠나서
우리 어찌 생명을 논할수 있으랴?

산이면 산
들이면 들
온 나라 산야를 헤매고 다니며
뽑아 먹고 벗겨 먹고 다 먹어버려서
이제는 텅-빈 들, 민둥산
갈수록 더더욱 귀해진 그 밥

정녕코
내 나라에 그 밥이 모자라서냐
눈물겨운 그런 밥도 없어
수백만이 굶어죽은 이 참상
구경 이 세상 어디에다 대고
하소연 한단 말인가…?!

* 언녕부터 - 오래전부터, 일찍부터

밑 빠진 제단

이 나라에서
굶어죽고 얼어죽고
제명대로 살지도 못하고
얼마나 많은 사람들이
참담하게 죽었는지 모른다

그래서
참다못해 좀이라도 반항을 하면
잡아다가 고문을 하며
때려죽이고
지져죽이고
찔러죽이고
총살을 하고…

또 그렇게
얼마나 무수한 영혼들이
눈도 감지 못하고
한만 품은채
억울하게 사라져갔는지 모른다

저주받은 죽음의 나라

이 나라 밑 빠진 제단에

산처럼 바다처럼 쌓인 시체들

철철철 그 죽음이 모자라서인가

얼마나 더 많은 고난의 목숨들이

아직도 제물로 바쳐져야

드디어 '이제 그만…!'

인류사상 이 비극이 멈출 것인가…?!

풍 년

올해도
대풍년이 들었어!

산에도 풍년
들에도 풍년
밭에도 풍년
길에도 풍년
집에도 풍년

이 강산 산지사방 둘러봐도
신비한 이 나라는
어디가나 풍년든 세상

지난 가을
농민들 애써 가꾼 한전 수전
모두다 풍년이 들더니
군량미 애국미로
나라에서 한 알도 남기지 않고
몽땅 걷어가버린 곡식…

하지만
무슨 원망을 할수 있으랴
그래서 더더욱 든 대풍년
더 큰 풍년이다 풍년 풍년!!!

이 나라 제도가 하도 좋아
지금은 겨울이지만
봄, 여름, 가을, 겨울
그까짓 계절에 관계없이
사철 드는 넘쳐나는 대풍년

산에도 굶어죽은 시체
들에도 굶어죽은 시체
밭에도 굶어죽은 시체
길에도 굶어죽은 시체
집에도 굶어죽은 시체
어데 가나 시체가 넘쳐나니

독수리, 까마귀
이 나라 날짐승은 물론
산짐승들 들짐승들
너도 나도 고기풍년이 들었다고
그것도 세상에서 제일 맛있는
사람고기 풍년이 들었다고

에라, 실컷 만포식 먹고나 보자
하늘이 우리 동물들을 어여삐 여겨
푸짐하게 내린 잔칫상이니
이리 껑충 저리 껑충 좋아 날뛰며
풍년경축 대잔치를 벌린다…

최후의 몸부림

스스로 제집 식구 시신을
차마 먹을수가 없어서
그래서 머리좋은 한 사람이
드디어 생각해 낸 좋은 방식 –

앞마을 굶어죽은 늙은이와
뒷마을 얼어 죽은 늙은이를
서로 바꿔치기 해 먹었다는 이야기

웃집의 굶어죽은 애기와
아랫집 앓아 죽은 애기를
역시 맞바꾸어 먹었다는 이야기

처음에는 설마하며 반신반의
후에는 점차 믿어지는 진실
사람들은 망할 놈의 이런 세상
개탄하면서도 이해를 표시한다

오늘은 또 더 자극적 폭팔뉴스
굶어죽은 꽃제비 각을 뜯어
개고기로 속여 팔다 들통난 사람
그 죄인을 끌어내다 총살한다나?

요지음은 밤만 자고 일어나면
파다하게 나도는 끔찍한 소문
어디가나 공포스런 인육이야기
흉흉한 파장을 몰아온다

사람이 사람을 잡아먹는
인류사상 류례없는 비극앞에서
사람들은 웬 일인지 혀만 찰뿐
누구도 분개하지 않는다

사람이 사람을 먹어야 사는
그 처절한 최후의 몸부림 앞에
사람들은 저마다 할말을 잃어간다
사람들은 이미 더는 사람이 아니다.

산

이 나라 산에 가면
어디 가나 벌거벗은 민둥산

산이란 산에 있는
나무란 나무는
굶주린 백성들이 달려들어
하루 세끼 밥으로
그 껍질을 다 벗겨 먹어서
하얗게 대만 남은채
깡그리 죽어버렸다…

모조리 껍질이 벗겨져
하얗게 남은 그 대마저도
한겨울 얼어죽지 않고자
추위에 떠는 백성들이
도끼로 찍어가고 톱으로 켜가고
땔감으로 나무 밑둥뿌리까지
송두리째 다 파가버려서
더더욱 황폐해진 유령산
듬성듬성 웅덩이만 남았다

산은 입이 없어
말을 하지 못해도
산이 바로 이 나라의 축도다!
산을 보면
이 나라 백성들의 삶을 안다
산을 보면 이 나라
백성들의 고단한 삶이 보인다…

들

산은 모두
벌거벗은 민둥산뿐이니
이 나라 백성들이 기대하며
바라볼 곳
이제 들만 남았다

들에 가면
백성들의 마지막 명줄인 밥
봄이면 풀이 나오고
겨울이면 그 뿌리를 캐먹는다

이 나라에
그 풀, 뿌리가 모자라서인가
그마저도 먹지 못해
나날이 여위어가고
죽어가는 민초들

들은
가난한 자식처럼
고난에 찬 그들을 품에 안아
묵묵히 먹여 살리며
무겁게 생각했다

원시 산과 들은
민초들의 어버이
산은 아버지, 들은 어머니
산이 채 못한 자식들의 뒷바라지
들인 내가 마저 해야지 …

산들의 반란

요즘은
산들이 반란을 한다

워낙은 사람들에게
나물을 주고 버섯을 주고 열매를 주고
온갖 혜택 베푸는 천사였다가
지금은 악에 받쳐 악마로 돌변한
보기만 해도 너무너무 흉측한
모조리 벌거벗은 민둥산들

멋쟁이 선산의 곱슬머리인
무성한 수림들을 다 잘라가고
겨우 남은 나무 밑둥뿌리까지
땔감으로 깡그리 다 파가서
온 산에 들쑹날쑹 듬성듬성
곰보처럼 움푹 패인 웅덩이들
그제날 아름답던 동산이
그 어디를 둘러보나 아수라장
삽시간 살벌한 살풍경이 되었다

그 산과
그 산의 산신들이 노해서
진짜로 무서운 진노가 치밀어
산을 그 지경으로 만든
미개하고 무지막지한 사람들에게 화를 낸다
천둥벼락 내리고 천벌을 내린다

하늘과 손을 잡고
조금만 비가 와도 쏴－ 쏴－
여기저기 산언덕 산골짝에서
거침없이 골물을 내리쏟아
산 아래 사람 사는 마을을 급습한다
순식간 수백채 수천채 집까지 밀어간다

그래서
쩍하면 이 나라 온 천지에
더욱 잦은 장마, 홍수 자연재해
그로 인해 가득이나 궁한 살림
더더욱 피페해지는 백성들의 삶
사람들이 고통스레 몸부림친다.
온 나라 강산이 몸부림친다…

그리운 왜정시절

그 옛날 왜정 때가 그립다
그때는 아무리 힘들어도
밥술은 들수 있을 정도였고
적어도 굶어죽게는 안했으니
이제 보니 일본 놈이 후더웠다!

그러나 지금은 더 무시무시해
날마다 생사람이 무더기로
굶어죽고 얼어죽는 세월이니
어찌 그 시절이 그립지 않으랴
이제 보니 일본 놈이 더 착했다!

제 명대로 살지도 못하고
그렇게 비참하게 죽는 것도 모자라
쩍하면 또 억울한 루명 쓰고
보위부 간부 놈들한테 잡혀가
때려 죽고 지져 죽고 매달려 죽고…

지독한 그놈들의 등쌀에
가득이나 다 죽게 된 백성들
어떻게 막연한 앞날을 살아가랴

이제는 앞이 빤히 내다보이는 일
생지옥이 된 기막힌 이 나라…

그런데 악착한 백정 놈들아
파리 잡듯 백성을 다 잡아 죽이면
그래서 한 명도 남지 않으면
네놈들이 장차 누굴 누르며
그 높은 간부질 한단 말이냐?
먼저 근본인 백성이 있고야
흡혈귀인 간부 놈도 있음에랴!

저주받을 악귀같은 나쁜 놈들
네놈들에게 나라를 맡기다간
이 나라 백성들 다 죽게 생겼구나.
백성들이 다 죽으면
그 잘난 나라를 해서 무엇하랴!

큰일 날 말 반동말을 막 한다고
잡아먹을듯 노려보는 승냥이 놈들아
내 말이 어디 반동이고 막말이냐?
또박또박 마디마디 구절구절
있는 사실 그대로인 진실인데야!

네놈들에게 백성을 맡길 거면
차라리 그 옛날에 쫓아냈던
일본 순사놈을 다시 모셔다가
네놈들의 그 자리에 앉혔으면
백성들이 훨씬 더욱 살만하고
다시는 굶어죽지 않으련만…

아무튼 너무나 당연시한 일
백성들도 죽지 말고 살아야 하니
보위부 간부놈이 살판치는 지금보다
일본 순사놈이 활개치던 왜정 때가
그 시절이 새삼스레 그립다…

부언:

왜놈들한테 나라를 빼앗긴 것이 어찌 좋을리 있으랴만, 날마다 무더기로 굶어죽는 그 세월이 하도나 험악하니, 자연히 옛날의 할아버지, 할머니들 속에서 "지금보다 왜정 때가 더 좋았더라! 일본 놈이 더 후하고 착했다…"하는 소리가 쉬쉬 새어 나오기 시작했습니다. 이 모든 것은 제가 북조선에서 살 때 뒤에서 가만가만 수군거리는 동네 로인들한테서 제 귀로 직접 들은 얘기들입니다.

할머니의 자살

날마다 밭에 나가
죽게 일해서 벌어들이는
새파란 젊은이들마저 먹지 못해
하나, 둘씩 팍팍 쓰러져
수없이 죽어나가는 이 판국에

이젠 늙어 제 밥벌이도 못하는
폐인이나 다름없는 이 늙은이가
언제까지나 이대로
렴치없이 집안에 틀고 앉아
그냥 공밥만 축낼수야 없지

게다가 살대로 오래 다 살아
당장 간다 해도 아까울 것 없는
아무짝에도 쓸모없는 이 할망구가
거치장스런 존재로 남을바에야
스스로 눈치있게 서둘러서
어서 하루빨리 사라져야지 …

더군다나
지금처럼 량식 귀한 이 세월에

저절로 알아서 없어지면
그것만이 내가 응당 해야 할
유일하게 잘하는 마지막 일이니
굶주리는 이 집안을 위해
얼마나 큰 부담을 덜어줄까?

그래야 집안의 쌀을 아껴서
하나라도 더
구만리 앞길이 창창한
내 귀한 아들, 며느리와 손군들*
소중한 그 목숨을 구할 수 있음에랴!

이 몸은 늙어도
집안의 보따리는 되지 말아야지
죽더라도 이 늙은이가 죽어야지
주책없는 이 귀신 할망구때문에
절대로 아까운 젊은이와 아이들이
먼저 대신 굶어죽게 할수야 없지…

어느덧 –
우묵 패인 할머니 눈굽에서
뜨거운 눈물이 주르르
결심한 듯 밧줄을 목에 걸고
대들보에 두룽두룽 매달린다…

* 손군들 – 손자들

부언:

'할머니의 자살'
가장 어려웠던 고난의 행군시기, 우리 북조선에는 이 시에 나오는 할머니처럼 가족의 부담이 되지 않기 위해 스스로 목을 매여 목숨을 끊은 할머니들이 실제로 많았었습니다.

고양이의 항의

인색한 이 집안 식구들
언제부터 남은 밥이 없다고
내 그릇에 밥 한 알도 주지 않더니
에쿠, 이거 더욱 야단났어!
인젠 내 밥까지 뺏자고 드네

내 밥인 쥐의 굴만 보면
그 앞에 착고 놓아 잡아서 먹고
곡괭이로 꼬챙이로 파내고 뚜져내고
그것도 모자라
불을 피워 연기를 몰아넣고
물을 부어 홍수까지 들게 하고
내 밥을 완전 다 빼앗아 먹네

야웅야웅 한 마디 항의했더니
에라 마침 쥐 잡기도 바쁜데
요놈이 훨씬 더 크구나 하고
인젠 나까지 막 잡아먹으려 드네
부리나케 삽십육계 줄행랑
사람들 사는 마을을 도망쳐 나와
들고양이로 변해서 산다네 …

쥐들의 공포

이 나라 사람들
먹을 것이 없어서
고양이까지 싹 다 잡아먹어
지화자 자화자 얼씨구나 절씨구
노래 절로, 어깨춤 들썩
인젠 완전 우리들의 세상
안전한가 했더니-

어이쿠, 더 끔찍해!
굶주린 이 나라 사람들
하루 아침새에 모두
더욱 무서운 고양이로 변해
야-옹 눈에 쌍불을 켜들고
우리를 보는 족족 잡자고 드니
이 일을 어찌하나?!

이 나라 늙은이들은
그 무슨 굶어서 죽는 지금보다
밥술이나 들수 있던 왜정 때가 더 좋았다고
뒤에서 쉬쉬 큰일 날 말들을 하지만
말도 마소 우리도 마찬가지

사람들 다 고양이로 변한 지금보다
고양이가 활개 치던 그 옛날이 더 좋아…

돼지 키우기

우리 동네
제일 잘사는 부잣집
누구나 다 부러워하는
그 집 유일한 큰 재산인
새끼돼지-

사람들 뒤에서 수군수군
도대체 얼마나 잘 살길래
사람도 먹고 살기 바쁜
너무도 어려운 이 세월에
돼지를 다 키울가?
어떻게 뭘 먹여 키울가?

듣자하니
잘사는 그 집에도
온 집안에 밥가마가 딱 하나
돼지죽 끓이는 가마도
따로 없다고 하던데…

어느 날
주인이 돼지죽 줄 때

슬그머니 다가가 훔쳐보니
아이쿠, 이제야 알겠네
변소간 금방 눈 인분을 퍼다가
돼지에게 먹이고 있었네 …

양

낮이면
끌어내어 좁은 들판 몰고 다니며
풀만 먹이다
저녁이면
우리 안에 가둬놓아 꼼짝 못하고
숨죽이는 양

때로는
채찍으로 아프게 호되게 때려
상처를 입고
결국은
가죽까지 벗기우고 고기도 먹혀
생을 마친다

그래도
종래로 반항을 할줄 모르는
유순한 천품
묵묵히
그 모든 걸 숙명으로 받아들이고
인내를 한다

강직은 하면서도
어쩌면 너무도 충성스러워
얄팍한 알량수는 한번도 쓰지 못하고
악독하고 탐욕스러운 주인한테
바보처럼 송두리째 당하기만 하는
무지무지 안타깝기만 한 슬픈 생명

오, 너를 보니
자꾸자꾸 눈물이 났다
너를 와락 얼싸안고 울고 싶었다.
너를 보면 떠오르는 다른 한 모습
어쩌면 신통히도 너와 똑같은
너를 닮은 내 인민이 생각나서…

내 인민이 먹고 사는 한줌 풀
내 인민이 갇혀 사는 작은 우리
그보다도 닥치는 대로
마음대로 때리고 죽이는 인민
그렇게 피 흘리며 죽어가면서도
오로지 조국이 잘되기만을
묵묵히 속으로 비는 인민-

오오,
내 인민이 바로 양이였다
양이 바로 내 인민이였다…

황 소

아무리 죽도록 일년 사철 힘든 일만 시키며
지지리 고역에 내몰아도
말없이 수걱수걱 무거운 수레를 끌고
부지런히 발걸음 재우치는 근로한 인민

아무리 인색하게 밥도 주지 않고
굶기거나 풀만 먹여도
묵묵히 머리를 푹−숙이고
땅만 내려다보며 잠자코 있는 과묵한 인민

아무리 채찍으로 혹독하게 때리고
끔찍이 학대를 해도
종래로 주인을 물줄 모르는 그 착한 입으로
'음메…!' 하고 외마디 비명만 토해 낼뿐
원망 한 마디 반항도 할 줄 모르는 순한 인민

종당에는 고급구두 만들고 몸보신을 위해서
가죽을 벗기고 고기를 먹고 뼈까지 우려내도
퉁방울 같은 슴벅이는 커어다란 어진 두 눈에
뚤렁뚤렁 구슬픈 피눈물을 떨구면서
행여나 혹시라도 이제라도 살려줄까
막연한 마지막 자비를 바라는 착한 인민−

오, 뒤늦게야 알고 보니
너는 인민이 아니라 소였다
태어날 때부터 비할바없이 처량하고 애처로운
그지없이 슬픈 운명을 타고 나온
한 마리 비운의 황소…

부언:

탈북하여 OO에 와서 보니, 참말이지 우리 북조선 인민들보다 더 불쌍한 인민들은 아마 이 세상에 없을 것 같습니다.

불공평

죽도록 무거운 멍에를 끌고
억지로 밭을 갈게 하기 위해
코에 쇠줄을 꿰어
무지막지하게 막 끌고 다니면서도

혹시라도
소가 지은 곡식을 한 알이라도
그 소가 먹을가봐
쇠줄을 아프게 꿴 그 코에다가
또 꾸레미*까지 덧씌우는

인색하고
교활하고 악착스레 잔인하면서도
그지없이 탐욕스럽기만 한
뼈만 앙상 야윈 소를 소유한 주인지주

그 욕심쟁이 공로라면
그저 불쌍한 소를 혹독하게 다룬 공로
일년 내내 뼈 빠지게 농사를 지은
억척스레 일만 하는 고달픈 황소를
더욱 빨리 더 많이 일하라고

욕질하고 호령하고 야단을 치고
채찍으로 호되게 내리치며
못살게 학대한 공로밖에 없는데

드디어 가을이 오자
풍년든 한전 수전* 그 수확을
고약한 주인이 싹 다 가져다
강냉이, 옥백미로 제 배만 채우고
가련한 황소는 지주가 버린
옥수숫대, 볏짚만 먹는다…

*꾸레미- 꾸러미'
*한전-옥수수밭, 감자밭, 콩밭 같은 밭들을 총칭
*수전-물을 댄 논밭

꼬리 없는 황소

한평생 무거운 멍에를 끌고
뼈 빠지게 일만 하는 부림소 같다
날마다 내모는 무서운 고역에
시달릴 대로 시달리고 지칠 대로 지쳐서
팍팍팍 쓰러지는 농부들 보면…

그 농부들 어찌 꼬리 없는 황소
말할 줄 아는 부림소가 아니랴
오히려 소보다도 할 일이 더 많아
사시장철 쉬지 않고 등이 휘도록
거름 내고 밭을 갈고 씨 뿌리고
김을 매고 가을하고 탈곡하고…

한전이든 수전이든
아무리 대풍작이 들어도
해마다 그 좋은 강냉이, 입쌀은
모조리 나라에다 갖다 바치고
옥수숫대, 볏짚만 남겨 먹는
소 같은 이 나라 농부들

그 옥수숫대, 볏짚도 모자라
허위허위 산과 들을 헤매며
나무껍질, 풀뿌리를 찾아 먹다
그것마저 없으면 굶어서 죽는
오, 소보다도 못 먹고 쓸쓸한
이 나라 농부들의 한생이여!

소보다도 못한 농부들

이제는 그 무슨 소처럼
혹은 소같이도 절대 아닌
오히려 소보다도 못한 농부들
소보다 더 비참한 농부들의 삶

소는 암만 죽도록 일 시켜도
뜨락또르*, 자동차를 대신하는
나라살림 한몫하는 중일군이라
그래서 나라에서 절대로
굶어서 죽게는 하지 않아 –

하지만 이 나라에서
굶주린 창자를 끌어안고
날마다 산처럼 무더기로
팍팍팍 쓰러져 죽어나가는
소보다도 못한 비천한 농부들

소는 또 온몸에 털이 나있어
아무리 혹독한 추위에도
얼어죽지 않고 무난히 버티지만
농부들 민둥산에 땔감도 없어

엄동에는 아사(餓死)말고 동사(凍死)
또다시 얼어죽어야 하는 운명

그렇게 굶어죽고 얼어죽고
수백만이 죽고도 모자라
아직도 얼마나 더 죽어야 할까
도무지 그 끝이 보이지 않는
더는 눈뜨고 볼수 없는 이 참극

일 년 내내 나라를 위해
소보다 더 많이 일을 하였건만
소보다도 대우받지 못하는
소값 반도 안되는 그들을 두고
왜서일가* 소마저 고개를 갸우뚱—

그들을 보면
자꾸만 샘솟듯 솟구치는 뜨거운 눈물
아무리 감추려 해도 감출 수 없어
저절로 하염없이 줄줄줄 흘러내리는
그 눈물을 내 어찌 막을 수 있으랴?

눈을 감지 못하고 간 농부들이여
그대들 만약 정말 래세*가 있어
다시 이 나라에서 태어난다면

다음 생에는 절대로 농부로 말고
차라리 황소로 태어나시라!

* 또락또르 – 트랙터
* 왜서일가 – 무엇 때문일까
* 래세 – 내세

복(福)

대대로 누리는
과분한 수령복, 장군복, 대장복 덕에
너무나 복(福)받은 인민들

그 복은 무슨 복?
상복(喪福)을 받아서
백의 겨레답게
새하얀 상복(喪服)을 입는다

날마다 무더기로
굶어서 죽어나가는 사람들
이 나라 인민이 받아 안은 복
상복(喪福)이 넘쳐난다!

폭포처럼 쏟아지는 상복(喪福)에
미처 해 입을 상복(喪服)이 모자라
이제는 하는 수없이
검은 누더기 천에 회칠을 해 입는
요행 겨우 살아남은 민초들

그래, 복(福) 받다마다
상복(喪福)이든 상복(喪服)이든
어쨌든 '복' 만은
분명한 '복' 임에랴!

허기진 무수한 목숨들을
무자비하게 사정없이 무너뜨리며
온역처럼 이 강산에 만연하는
무시무시한 복 복 복
그 저주받은 복 복 복

그런데 죽지 못해 붙어사는
복(?) 받은 이 나라 인민들이
일 년을 누리기도 아름찬데
그 복을 천년만년 누리라니
이 무슨 청천벽력 같은 소리냐?

그러한 복이라면
이제는 싫다싫어 지겹다 진저리난다
인민들 걱정은 하지 말고
돼지처럼 네나 혼자 콱 받아 누리거라
오, 피도 눈물도 없는
불세출의 희대의 식인악마
너무너무 잔인한 독재자여 !!!

죽음의 나라

이 나라는
어데 가나 죽음만이 차고 넘치는
온통 죽음의 나라–

여기서도 죽고
저기서도 죽고

쩍하면
굶어서 죽고
얼어서 죽고…

그것이 모자라면
잡아다가 고문을 가해
때려죽이고
지져 죽이고
찔러 죽이고…

그마저도 성차지 않으면
공개로 대중 앞에 세워놓고
총으로 쏘아죽이고
밧줄로 목매죽이고
불로 태워죽이고…

아무튼
살기는 너무너무 힘들어도
죽을 일은 얼마든지 넘쳐나
북망산 향해 가는 장례행렬
날마다 줄을 지어 늘어서고
화장터 높다란 굴뚝 연기
하늘 향해 쉬지 않고 뿜어대는—

오, 힘없어 쓰러져가는
곧 죽음을 맞이할 민초들이여
죽기 전 하늘땅을 뒤흔드는
내 외치는 소리를 들으라
내 피타는 절규를 들으라
그리고 어서 빨리 깨달아
모두 다 각성하여 일떠서라!

아무래도 그대들 죽을 바엔
지옥으로 잇닿은 이 나라에서
줄을 지어 죽음을 기다리기보다
차라리 살기를 위해서
죽음을 각오하고 궐기하라!!!
산지사방 산악 같이 들고 일어나
지옥 같은 이 죽음의 나라를 뒤엎고
사람 사는 새 세상을 만들라!!!

광명의 길

너무나 헐벗고 굶주리고
자유 잃고 억압 받고 인권도 없고
그래도 자기 앞에 주어진 삶
숙명처럼 그것을 받아들이고
양처럼 모든 일에 순종하면서
잠자코 살아가는 민초들

그러한 백성이라면
그대들 이 죽음의 나라에서
어렵사리 살기를 바라지 말라!
이 죽음의 나라에서
죽음만이 례사로운 일이니
흔쾌히 그 죽음을 맞이하라!

그보다도
죽음만이 그대들로 하여금
이 세상 온갖 모든 고통에서
'해탈' 이고 '해방' 이고
오히려 '행복' 인 셈이니
차라리 그 길을 택하라!

그러나 그 죽음이 싫어
혹시 조금이라도
이 세상에 미련이 남아있다면
어차피 아무래도 죽을 목숨
죽기를 맹세하고 들고 일어나
폭정에 항거하라 반기를 들라!

그 길만이
그대들에게 유일한 살 길이고
캄캄한 이 세상을 들부시고
동녘에 한 가닥 서광이 비치는
찬란한 새 아침을 열기 위한
진정한 광명의 길이거니

헐벗고 굶주린 북녘 형제
이천사백만 동포들이여
우리 모두 억 천만 번 죽더라도
의로운 새 세상을 당겨오는
혁명의 길 희망의 길 그 길에서
후회 없이 한 목숨 바쳐보자!

제 2 부

눈을 감지 못한 아이

눈 물

어느 날 밤 굶다 못해 뛰쳐나가
량식창고 쌀 한 자루 훔친 죄로
아빠는 잡혀가서 총살 맞고…

겨우 생긴 풀죽 한 그릇 놓고도
불쌍한 오누이 살리려고
엄마는 먹지 않고 굶어 죽고…

아빠엄마 모두 없는 슬픈 오두막
이제부터 제가 엄마구실 한다며
동네방네 동냥하러 나간 누나-

누난 왜 아직도 돌아오지 않을까
아무리 울면서 애타게 기다려도
철없는 동생이 꿈엔들 어찌 알리?

추운 겨울 맨발로 동냥나간
헐벗은 누나가 빈손으로 돌아오다
허기져 쓰러진 채 끝내 밖에서 얼어죽은 줄…

눈을 감지 못한 아이

'서라 - !'
불호령 소리에 뒤이어
허둥지둥
강냉이 밭에서 뛰쳐나온 한 아이

'땅 - !'
귀청을 째는 아츠란 총소리에
앞으로 폭-
뛰다가 꼬꾸라진 그 아이…

눈 뜨고 죽은 아이 손에는
아직도 따뜻한 온기가 남아있는
죽어도 꼭 쥐고 놓지 않은
강냉이 한 이삭

그 강냉이 한 이삭이면
집에 가서
엄마도 살리고
동생도 살리고…

그 강냉이 한 이삭이
곧바로
소중한 그 애 목숨이고
온 집안 마지막 희망이었는데-

그래서 죽으면서도
끝끝내 손에 놓지 못했던 풋강냉이
그래서 그 아이는
죽어도 두 눈을 감지 못했나…???!

소매치기

번개같이
장마당 매대 위에 빵 한개
잽싸게 낚아채어

정신없이 한입에 넣고
우물우물 게걸스레 씹어 삼키며
허겁지겁 도망치다

뒤쫓아 온 우악진 집게손에
그만 덥석 덜미가 잡혀
하늘공중 허궁 들린 꽃제비아이

다짜고짜 우박처럼 쏟아지는
무지한 주먹질 발길질에
머리는 맞아 터지고 코피가 나고
온몸은 이리저리 바닥에 나뒹굴어도

'우와—! 살았어 …'
먹는 감동 행복한 황홀감에
그 애 낯은 조금도 일그러지지 않고
한 가닥 엷은 미소가 떠오른다 …

조선에서 태어난 죄

아저씨, 제발 때리지 말아요.
훔쳐 먹다 붙잡힌 죄 크지만
내 말을 한 번만 들어주세요

사실은 나에게 죄가 없어요.
이제 겨우 아홉 살인 철부지 고아
꽃제비에게 무슨 죄가 있겠나요?

나에게 만약 죄가 있다면
그저 단 한 가지 죄 아닌 죄
조선에서 태어난 죄밖에 없어요

나는 오직 빌어먹고 싶었지만
이 나라가 너무너무 가난해
구걸할 음식조차 없었어요

그래서 배고픔을 참다못해
죽지 않고 살기 위해 훔쳐 먹은 죄
그것이 죄라면 내 죄예요

동냥으로 구차한 이 목숨
연명하고 부지할 수만 있다면
나는 절대 소매치기 안 할거예요

내가 만약 이 세상에 나올 때
조선에서 태어나지 않았다면
나는 절대 도적이 아닐거예요

이렇게 훔치다가 붙잡혀서
모진 매 맞으며 애원하면서
서럽게 울지도 않을거예요

오로지 이 땅에서 잘못 태어난
그 때문에 억울한 죄인이 되니
불쌍히 여겨 한 번만 용서해주세요…

애 원

쌀자루 이고 가는 저 아지미
발걸음 잠간 멈추고
여기 한번만 뒤돌아 보아주세요.

만약 제게 옥수수 한 알만 주시면
감았던 눈을 뜨고
가까스로 말을 할 수 있을 것 같아요

그리고 옥수수 두 알만 주시면
정신을 차리고
쓰러졌던 자리에서 일어설 것 같아요

그러나 옥수수 세알만 주시면
다시 기운을 내어
이제라도 앞으로 막 걸어갈 것 같아요

그보다도 착한 아지미
통강냉이 한 이삭만 제게 주시면
대번에 두 눈이 휘둥그레지게
눈앞에서 큰 기적이 일어날거예요

그 이삭을 든든히 가슴에 품고
단숨에 저 두만강을 넘어
중국에 가서
쌀 구하러 간 엄마를 찾아올 것 같아요

하지만 하지만 아지미
만약 제게 아무것도 주지 않는다면
결국 저는 천국으로 먼저 간
아빠를 따라… 따라갈 수밖에 없어요…

량 식

닷새를 굶어서
이제 단바 죽을지도 모르는
하나밖에 남지 않은
어린 동생을 구하려고

마지막 남은
젖 먹던 힘을 다 내여
가까스로 허기진 몸 일으켜서
비칠비칠 밖을 나섰다

배고파 울 맥도 없어
이제는 눈을 감고 체념한 채
얌전히 쓰러져 누워있는
해골 같은 동생 혼자 집에 남긴 채…

무릎걸음으로
벌벌벌 기고 또 기면서
산지사방 헤매다가
드디어 눈이 번-쩍
행운스레 량식을 구했다!

산에서
갓 물오른 나무껍질 한줄기
들에서
금방 파낸 풀뿌리 한 줌-

아, 귀하디귀한
소중한 이 량식으로
죽어가는 내 동생 목숨을
구해낼 수 있을까?!

아무튼
한 가닥 희망이 보인다.
힘이 솟는다…

꿈 복

철이가
배고파 쓰러서있는 우리에게
갑자기 이상한 말을 했다
자기는 마음 고운 분을 만나
어제도 오늘도
새하얀 이밥을 먹었다고…

애들은
어안이 벙벙 마주보다
너무도 어이가 없어
절레절레 머리를 흔든다.
저 애가 요즘 닷새를 굶더니
머리가 돌아 잠꼬대하나 봐!

철이는
지그시 눈을 감고 벽에 기댄채
맥없이 한사코 우겨댔다
아니야, 정말이라고
자기는 요지음 꿈에 날마다
새하얀 쌀밥을 먹는다고…

오, 그렇지
꿈에라도 쌀밥을 먹었으면
그것도 먹은 건 먹은거지!
얼마나 좋았을까
그런데 지지리 꿈복도 없는 나는
왜 그런 좋은 꿈을 꾸지 못할까?

애들은
저마다 부러운 듯 철이를 보며
다시금 애써 눈을 붙인다
자기도 어서 빨리 잠이 들어
운 좋게 제발 그런 꿈꾸기를
묵묵히 맘속으로 빌면서…

부언:

북조선에 있을 때, 우리는 너무도 배가 고파 혹시 꿈속에서라도 좋은 꿈을 꾸어 밥을 한 끼 배불리 먹어보기를 원했습니다.

개나발

허풍쟁이 돌이는
오늘도 어깨를 으쓱하며
배고픈 우리한테 찾아와
희떠운* 나발을 불어댔다
자기는 어제도 오늘도
이밥을 세끼나 먹었다고…

아이들은
너무도 어이가 없어
쓰거운듯 입만 쩝쩝 다시다
저저마다 눈물 찔끔 짜내며
배를 끌어안고 웃어댔다

으흐흐, 지금은
하나같이 씻은 듯 가난한 백성들
풀죽도 없어 굶어죽는 이 세월에
친자식도 아닌 꽃제비에게
밥 해줄 쌀이 어디 있다고
너한테 다 이밥을 해 먹여???!

그것도
혹시 한 끼라면 몰라도
새하얀 쌀밥을 세끼나 처먹었다는
말도 안 되는 황당한 그 나발은
그 누가 들어도 불 보듯 뻔한
너무나도 한심한 개나발…

* 희떠운 – 크게 허풍적인

'살았니…?'

아침에
누구든 선참* 일어나면
서로서로 생사를 확인하느라
제일 먼저 외쳐보는 첫 마디
'살았니-?'

그러면
북데기 속에서
철이가 머리를 쏙-내밀고
부시시 기어 나오며
'살았다…!'

그리고
담벽밑에서도
영호가 가까스로 눈을 뜨며
기진한 듯 웅얼웅얼
'안 죽었어…!'

어떤 때는
암만 크게 불러도 대답이 없어
슬몃슬몃 다가가 흔들어보면

바위처럼 싸늘하게 굳어져
죽어있는 시체도 있으니

이런 날에는
또 한명 형제를 잃은 슬픔에
동냥마저 잊은 채
온종일 숨진 그 애 옆에서
두 손 모아 명복을 빌어준다

오늘 아침에도
제발 다 무사하기만을 바라며
두려운 마음으로 조마조마
허공 중에 외쳐본다
'살았니-???'

* 선참 – 제일 먼저

부언:

꽃제비생활을 하던 그 시절, 특히 겨울에 우리는 밤만 자고 나면 서로 살았나 하고(혹시 죽지는 않았나 하고) 생사를 우선 확인하는 것이 아침에 일어나 제일 먼저 하는 하루일과의 첫 시작이였습니다.

'밥 먹었니?…'

원산에서 온 꽃제비가 인사한다.
'오늘, 밥 먹었니?…'

그러면 인차 고개를 갸우뚱
나는 잠간 생각해본다

정말 오늘 밥을 먹었나 안 먹었나
궁리하며 머리를 굴리다가

아참 그렇지 무릎을 탁－치며
어줍게 뒤수더기를 긁적거린다

아침에 소똥무지에서 주은 옥수수씨 한 알
그걸 얼른 고소하게 내가 먹었지

"응－, 그래 먹었다!"
나는 한결 밝게 기분 좋게 대답했다…

부언:

북조선에서 혹심한 굶주림으로 겨우 하루하루 연명해나가는 꽃제비아이들에게는 그것이 일상이랍니다.

수수께끼

올망졸망 거지 애들을 모아놓고
꽃제비 왕초가 수수께끼를 낸다

'제비는 제비인데
날지 못하는 제비는 무엇이냐?'

약삭빠른 한 애가 '족제비!' 외치자
또 다른 애가 나서며 명답을 한다

"족제비 말고도 또 '꽃제비'
봐, 우리도 이렇게 날지 못하잖아…?!"

왕초가 그 애 머리 쓰다듬으며 칭찬한다
"야 참, 너 정말로 똑똑하구나!"

지그시 눈을 감고 궁리하던 왕초가
신비스럽게 또 한 문제를 낸다

"음-, 그럼 세상에서
꽃제비가 제일 많은 나라는 어디지?"

저마다 고개를 갸우뚱 생각하다
거지 애들 한결같이 일제히 "우리나라!"

왕초가 다시 "제일 가난한 꽃제비는?"
애들 데꺽 "그것도 우리나라 꽃제비 …"

"훗후후, 핫하하하하하 –"
흡족한 듯 너털웃음 왕초가 선포한다

"세상에서 제일 총명한 꽃제비무리는
바로 여기 모인 너희들이로구나!

흐흐, 오늘은 나가서 능력껏 벌어오되
누구도 매는 맞지 않는다. 자, 출발 …"

명절 밥상

"오늘은 우리도 푸짐히 먹자!"
명절날 사이좋게 둘러앉으면
중간에 작은 바위 하나가 밥상
꽃제비들 다투어 가져온 걸 내놓는다

철이가 훔쳐온 옥수수 몇 알이 밥
영희가 동냥한 시래기 몇 잎이 채
훈이가 주워온 번데기도 고기요리
혀가 홀딱 넘어가는 진귀한 밥상이다

돌이가 산에서 따온 돌배는
아직은 제철이 아니라서 쓰긴 해도
자꾸 이것저것 그런걸 가릴 것 없이
그래도 그런대로 먹을 만하고

영수가 강에서 잡아온 가재는
딱 한 마리여서 너무 적긴 하지만
고소하게 불에 구워 한 점씩 나눠먹으면
그거야말로 으뜸가는 산해진미지

옥이가 식당에서 얻어온 뼈다귀도
너무너무 땅땅해 이발이 부러져도
지금은 무엇이나 다 귀한 세월이니
당연히 뼛조각도 남김없이 먹어야지…

아무런 수확 없이 빈손으로 돌아와
미안해하는 저 애들도 어서 와라
함께 모두 모여앉아 신이 나서 떠들썩
우리 민족 최대의 명절을 경축한다

순식간에 바닥나는 풍성한 진수성찬
누구 배냐 또 꼬르륵 배부르진 못해도
오랜만에 어쩌다 마주앉은 특식밥상
우리도 야- 기분 좋게 명절을 쉰다!

겨울 잠

얘들아,
박달나무 떵-떵- 얼어 터지는
엄청 추운 오늘밤은 이렇게 자자

여기 모인 꽃제비들 중
함흥에서 온 이 애가 겨우 네 살
아직은 철도 없는 아기라서
자칫하면 얼어 죽기 십상이니
제일 어린 저 애를 중간에 넣고
나머지 큰 애들은 난로처럼
그 주변을 빙 둘러서 에워싼 다음
우리 서로 딱- 붙어서 자자

그다음
아차, 그만 저 애를 깜박했구나
저 애도 우리 꽃제비들 중
유일하게 약자인 계집애이니
마땅히 보호해주어야 할 대상
그 애도 마저 중간에 끼워 넣고
어떡허나 온기가 잘 빠지지 않도록
모두 다시 빽빽하게 감싸며 자자

얘들아,

여우도 찔–찔– 눈물을 쥐어짜는

혹독하게 추운 지지리도 긴 이 밤을

아무쪼록 천지신명이 꼭 굽어 살피셔서

제발 부디 무사하게 넘길 수 있기를

우리 모두 기도하면서 자자…

먼저 온 공산주의

이 나라
권세 있는 간부들만
특별히 모여 사는
호화로운 아파트단지
한 무더기 쓰레기장 –

그 속에는
군침 도는 물고기 뼈도
맛있는 무우껍질도
향긋한 사과속 송치도
뭐나 다 있어요

그리고
오래된 굳은 떡
변질한 곰팡이과자
내다버린 쉰 밥
모두가 산해진미 진수성찬…

이 세상에서
의지가지 없는 거지 아이들
항상 고맙게 의지하며

날마다 찾아가서 뒤적이는
공산주의 슈퍼마켓

그 속에는
원하는 무엇이든 들어있어요
꿰진 솜옷, 판난 양말, 버린 신짝
뭐든 찾아 입고 신으면
전부가 공짜여요

돈 한 푼 없어도
가난한 꽃제비 아이들
네 것 내 것 할 것 없이
저저마다 신이 나서 나눠 쓰는
공산주의 희망동산

어릴 적
넥타이 매고 선서하며
그토록 동경하던 공산주의
우리들은 벌써
공산주의에 먼저 왔어요 …

꽃제비 밥

이 나라 사람들 너무도 가난해
동냥하기 소매치기 다 힘들어지면
꽃제비 살아남는 법 따로 있대요

가리지 않아요 꽃제비는
들판의 풀도 뜯어 먹고
산속의 꽃도 따서 먹고

재간도 많아요 꽃제비는
울바자 위 잠자리도 잡아먹고
날다 지친 부나비도 주워 먹고

뛰어가는 저 메뚜기, 개구리
병들어 죽은 뱀, 쥐, 병아리
모두가 다 꽃제비의 밥이래요

이 세상에서 제일 큰 식당인
대자연이 바로 우리 식당인데요
그 속에는 꽃제비 밥 많아요…

'꼬마죄인'

"우리는 행복해요!"
온 나라 아이들이 행복동이들인
사회주의 지상낙원에 똥칠을 한다고

게다가 소매치기까지 하니
저런 부랑둥이 아이들은
어서 모두 잡아 가두어야 한다고

어느 날 장군님 승용차 안에서
불쾌히 던지신 한 마디 교시에
즉각 세운 '2.13'(어린이) 상무

그곳에는 나라의 특별조치로
전국 각지에서 잡아들인
떠돌던 수백 명 아이들이 있었다

그리고 또
아빠엄마가 모두 굶어죽은
두 살짜리 꽃제비아기도 있었다

보육사 아지미가 데리고 있은
최연소 '꼬마죄인' 이라 그 애에겐
가끔 가다 특별한 '특혜' 도 주어졌다

아프다고 시끄럽게 자꾸 칭얼대면
며칠에 한번씩
이름 모를 알약(수면제)도 한 알 던져주고

배고프다 눈물 대롱 애원하면
욕하다 밥 대신
그래도 꽃 한 송이 먹으라고 내어주고…

벌을 내려도 그 애에겐
엄벌로 맞아 죽은 큰 애들과 달리
그야말로 제일 경한 처벌만이 내려졌다

아빠엄마 그리워 울라치면
울다 지쳐 울음 흑- 그칠 때까지
극상해야* 가두어 끼니 나흘 굶기고…

지성이면 돌 위에도 꽃 핀다는데
나라에서 베풀어준
알뜰살뜰 그 정성이 모자라선가
해살 같은 장군님 은혜마저 잊은 듯

그렇게 징징대던 꽃제비아기
세상에서 제일로 어린 '꼬마죄인'은
천국 간 그리운 아빠엄마를 찾아
끝끝내 한 달도 채 못되어 '날아' 갔다…

* 극상해야 – 기껏해야

부언:

내가 갇혀있던 상무의 두 살짜리 꽃제비아기가 죽던 날, 그 애가 너무 불쌍해 나도 온종일 눈이 퉁퉁 부어 있었습니다. 비록 늘 보아오던 꽃제비의 죽음이였으나, 그 중 그 아이는 특별히 어리고 가냘팠거든요! 내가 한 번 안아주니 엄마처럼 와락 매달려 안기며 섧게섧게 흐느끼던 그 아이의 그 모습이 지금도 잊혀지지 않습니다. 지금도 그 애를 생각하면 가슴이 막 아파요.

나라의 '축복'

–'2·13상무(어린이수용소)' 아이들

죄수복 입지 않았어도
여기선 하나같이 모두가 '죄인'
그것도 희한한 '꼬마죄인'

게으른데다가
모두가 사상이 '불량' 해
너무 일찍 어린 나이에 얼떨떨결에
무수히 많이도 저지른 죄 죄 죄–

나라 앞에 효자동, 충성동 못될망정
이리저리 유리걸식 빌어먹으며
사회주의 우월체제 어지럽힌 죄

그렇게 구걸하며 나라 팔다못해
배고프다 핑계 삼아 또 소매치기
인민의 재산까지 훔친 도적질 죄…

온 나라가 이토록 어려운 판에
절대로 공밥이야 먹일 수 없지
더군다나 혁명의 후대도 아닌
못된 '불량배' 애새끼들임에랴!

그런데 봉창으로 강제로동 내몰아도
쥐새끼처럼 너무 작아 약체인데다
바람이 불어도 넘어질듯 비실비실
각자 한 대만 때려도 죽어버리니 …

이런 쯧-쯧- 나 원 참,
철딱서니 없이 한심한 쬐꼬만 것들
정말 전혀 아무짝에도 쓸모없는
나라의 짐봇따리, 골칫거리들

그런 너희들에겐
죄수복 만들어 해 입힐
그런 천도 없거니와 아까와
그저 이대로 일하다 빨리 모두 뒈지거라!

매일 배를 촐촐 곯고
아픈 매 맞으며 죽도록 일하느니
어쩌면 오히려 너희들에겐
차라리 그 편이 더 편할지니

오, 한없이 위대한 장군님 은혜
하늘보다 크나큰 나라의 '축복'
이것이 나라의 왕인 너희들에게 내려주는
마지막 '축복' 이란다!!!

제3부

천국에다 쓴 편지

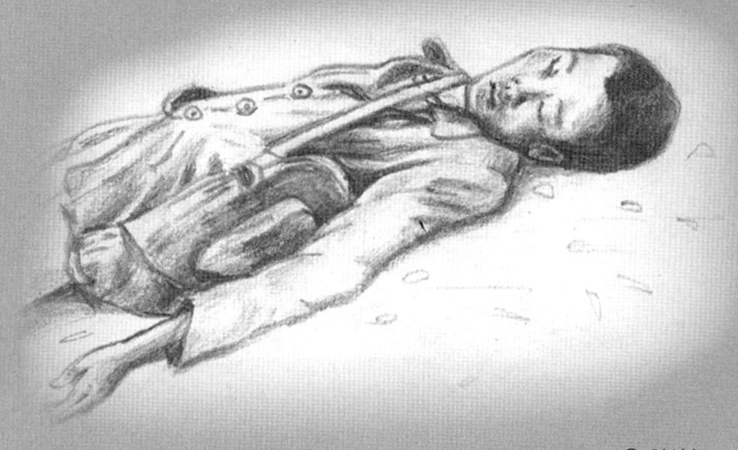

젖

먹지 못해 텅 빈 가슴
파고 들며
젖이 안 나와
아기는 응아응아
울기만 하고…

배고파 우는 아기
꼭 껴안고
너무도 불쌍해
엄마는 하염없이
눈물만 흘리고…

마침내 아기는
찝찔한 그 눈물을
젖이런듯 쪽- 쪽-
정신없이
빨아먹는다…

아기의 밥상

가난한 집
아기에게 유일한 밥상인
엄마 가슴

그리고
그 아기의 밥사발은
엄마 젖통

그런데
뼈만 앙상 빼빼 마른
아기 밥상 밥그릇엔
밥 한 알도 없으니…

배고픈 아기는
밥사발 입에 물고
밥상 위에 엎어져
날마다 앙앙 울고…

열흘 후
우는 아기 보다못해
속이 더욱 타서
더 빨리 숨이 진 엄마–

야속한 사람들은

아기에게서

마지막 희망인

하나밖에 없는

텅-빈 밥상마저 걷어갔다…

억이 막혀…*

아기를 꼭 껴안고
엄마는
눈을 감지 못하고
크게 뜬 채
누워서 죽고

텅 빈 가슴 헤치고
아기는
그 위에 엎드려
젖을 문채
그 채로 죽고

둘이 모두 굶어죽은
그 옆을 지나며
사람들은 고개 돌려
외면한 채
똑바로 볼 념* 안한다…

* 억이 막혀 – 너무 기가 막혀
* 볼 념 – 볼 엄두

아기의 소원

엄마도 없고
아빠도 없고
아가만 홀로 남은
텅-빈 오막살이
아기 집

엄마는
아빠와 아가를 위해
먹지 않고
굶어죽고…

아빠는 또
귀염둥이 아가를 위해
먹지 않고
굶어죽고…

그렇게
먹지 않고 버텨서
끝끝내 천국으로 먼저 간
엄마와 아빠 --

그런데 날마다
그토록 곱다고 안아주던
엄마도 아빠도 없이
아기만 살아남으면
그게 무슨 소용이지?

아가 혼자서
너무너무 배고프고 추운데다
낮이면 외로워서 못살겠고
밤이면 무서워서 못살겠는데…

아가는 눈을 감고 생각한다.
그럼 나도 먹지 않고 굶으면
엄마 따라 아빠 따라
언제든 천국 갈수 있을까???

이잉-, 엄마아빠 없는
이 세상은 정말로 살기 싫어!
홀로 남은 나도 어서
엄마 따라 아빠 따라 갈거야…!!!

부언:

혼자 남은 아기의 제일 간절한 소원은 천국 간 아빠엄마를 따라가서 이 세상에 있을 때처럼 배고프지만 언제나 그 엄마 아빠와 함께 있는 것이랍니다.

엄마생각

날마다 배고프다 보채면서
밥 달라 칭얼대는 내가 미워
엄마는 저 혼자 멀리 달아났나?

그때마다 가슴에 날 꼭 껴안고
하염없이 눈물만 흘리면서
자꾸만 달래던 불쌍한 엄마–

자기도 허기진 슬픈 엄마는
어쩌면 그러는 얄미운 내가
아마도 이제 그만 싫어졌나봐!

어느 날 간다는 말도 없이
언제 돌아온다는 기약도 없이
저 세상에 가버린 야속한 엄마

엄마야 어서 빨리 돌아와줘!
이제는 엄마를 애먹이지 않을래
매달리며 못살게 굴지도 않을래

그저 사무치게 그리운 엄마
다시 내 곁에만 돌아와준다면
나는 날마다 엄마 품에서 굶으며
행복하게 엄마 품에 안겨 죽을래요…

저쪽 세상

꿈에 본
아빠의 더더욱 수척해진 얼굴
그 곳엔 배고픔도 없다는데
왜 아빠는 그토록 여위였을까?

꿈에 본
엄마의 후들후들 떨리는 손
그 곳엔 겨울도 없다는데
왜 엄마는 아직도 추워할까?

아빠엄마 가 계시는 저쪽 세상
그 곳에도 쌀이 없어
날마다 백성들이 굶주리고
찬 눈이 펑 펑 오는걸까?

아마도
그래서 보고 싶은 아빠엄마
꿈에서만 나타날 뿐
날 데리러 오지 않나봐!

꿈

지난 밤
꿈에 본 엄마
내 입에 풀죽 한 술 떠넣어주시겠지
엄마 입은 초들초들 말라들면서도…

지난 밤
꿈에 본 아빠
가슴에 날 꼭 껴안아주시겠지!
그토록 앙상한 손으로 어루쓸며…

지난 밤
꿈에 정말로 행복했었지!
배고파도 엄마아빠와 함께 있어
너무너무 가슴이 벅찼던 나—

엄마아빠
어딜 갔댔나?
야속하게 나만 혼자 버려두고
왜 딴 세상에 저만 훌쩍 가셨나?

와-락
엄마아빠 목을 힘껏 부둥켜안고
투정질하며
울다가 울다가 실컷 울다가

"엄마야 -!"
"아빠야 -!"
목이 메여 애타게 피타게 부르며
그만 발딱 깨어나보니

엄마는
온데간데 보이지 않고
아빠도
가뭇없이* 종적없이 사라지고

내 뺨에 쌓이는
소복소복 저 하늘 흰 눈만
엄마아빠 내려주는 축복이런듯
포근히 날 품어주겠지…

* 가뭇없이 - 흔적도 없이

천국에다 쓴 편지

우리 아빠엄마는
꼭 천국에 계실거예요!

한평생 착하게 살다 가신
천사 같은 아름다운 분들이니
당연히 가더라도
아름다운 천국으로 가셨겠지요.?!

천국으로 가신
아빠엄마가 너무너무 보고 싶어
이웃집 언니 손을 빌어
그리운 아빠엄마한테 편지를 쓰고
'천국에 계신 순희아빠엄마 앞' 하고
봉투에다 주소와 이름도 써서
부치려는데-

우표를 못붙여서인지
야속한 우편배달부 아저씨가
도무지 받지를 않네요.

마음 착한 아저씨,

저는 돈이 없어서 우표도 못사요.

한 번만 공짜로 부쳐주면 안될까요?!

아저씨, 제발 저를 불쌍히 여겨

간절한 이 편지를 꼭 부쳐주세요…

행 복

내가 만약 오늘 밤
꿈을 꾼다면
제일 먼저
엄마를 만나는
꿈을 꾸고 싶어요

내가 만약 오늘밤
꿈을 꾼다면
그다음
하얀 이밥 먹는
꿈을 꾸고 싶어요

살아서 돌아오신
우리 엄마가
지어주신
하이얀 쌀밥을
행복하게 먹고 싶어요…

작은 엄마

아빠는
언녕* 일찍 굶어죽고
오늘은 또
허기진 엄마까지 가셨으니
이 일을 어찌하나?

하지만
불쌍한 동생아
울지 말아
이제부터는
누나가 네 엄마야!

키 작지만
너보다 큰 이 누나가
작은 엄마가 되여
너를 등에 업어주고
밥도 해줄게.

엄마가
눈을 감으시기 전
날 보고 동생한테

꼭 엄마가 되어주라고
부탁하셨어…

이제부터
빌어먹든 훔쳐 먹든
우리 함께 손잡고
꿋꿋하게
억세게 살아나가자!

* 언녕-일찍, 오래전부터

꽃제비 생일날 소원

어제날
꽃제비 생일날 소원은
엄마가 차려준 생일상
풀죽 한 그릇
단숨에 후루룩-

오늘날
꽃제비 생일날 소원은
쓰레기장에서 주은
무우 껍질 한줌
고소하게 냠-냠-

래일날*
꽃제비 생일날 소원은
어서 빨리 천국 가서
아빠엄마 다시 만나
목 놓아 엉-엉-

그 누가 생일을 쇠준다면

그 누가 나에게
고맙게 생일을 쇠준다면
나는 맹물에 밥 말아먹고 싶어요

그릇에 꽉– 담긴 이밥 한 공기
황송한 납수저로 폭폭 떠서
맹물을 국 삼아 함께 말래요

그리고 고마운 그 분이
한 가지 은혜를 더 베푼다면
나는 간장 한술 더 달라 할래요

맹물에 한 숟가락 간장을 타면
그러면 진짜 국이 되니깐요
진짜 국에 밥 말아먹고 싶어요…

소 망

온 하늘에
하얗게 소복소복 내리는 눈이
그것이 쌀이었으면—

그러면
배고픈 이 나라 아이들
절대로 절대로 굶어죽지 않으련만…

온 하늘에
하얗게 푸실푸실 내리는 눈이
그것이 솜이었으면—

그러면
헐벗은 이 나라 아이들
절대로 절대로 얼어죽지 않으련만…

작은 '닭알'

지지배배 제비가
처마밑 둥지에다 낳은 보배알
구제비 엄마가 돌아와보니
감쪽같이 없어졌다
왜 없을가 ???

아무도 훔쳐가지 못하게
일부러 높은 곳에 낳은 제비알
배고픈 주인집 아이가
사다리 놓고 올라가
들추어먹었다

집에 있던
알낳이 꼬꼬댁 씨암탉
덥석 잡아 먹은지 오래되어
닭장 안 둥우리에 닭알이 없자
삶은 달걀 못견디게 먹고싶어

그런던차
마침 강남에서 날아온 제비가
처마밑 둥지에다 알을 낳자

목 빼들고 한참을 올려다보던 아이
해해해, 작은 '닭알' 을 낳았구나!
너무 좋아 손벽치며 짝짜꿍-

보기만 해도
입안에 스르르 군침이 도는
아직도 따스한 작은 '닭알'
고사리 손에 꼭 쥐고 내려와
가마 안에 살짝 넣어 삶은 다음
한입에 홀라당
껍질째로 다 먹어버렸다…

사과자랑

해해, 오늘은
내가 사과를 먹었어!
정말 부럽지?
메-롱!

뭐 ?
네가 그 귀한 사과를 다 먹어??
어디서, 어떻게 ???
우리 여기 애들 중
사과를 눈으로 보기는 해도
진짜 먹어본 아이는
아직 단 한사람도 없는데…
피-, 거짓말 하지 마!

해해, 아-니
어떻게 된 일이냐 하면 들어보렴.
오늘 운이 너무 좋았어!
쓰레기장에서 주은
어느 고운 비닐주머니속에서
사과 껍질과 그 송치가 나왔어.
그걸 얼른 내가 홀랑 먹었거든
그러니 내가 사과를 먹은거지…

부언:

조선에는 평생 동안 사과를 먹어못본 애들이 너무나도 많습니다. 저도 빨갛고 큰 사과는 탈북하여 중국에 와서야 난생 처음으로 먹어보았습니다.

기억, 옛말

조선에 있을 때는
어떤 기억을 제일 잊을 수 없나?
바람만 불어도 쓰러질듯
언제나 허기져 비실비실
울고 싶게 배고팠던 그 기억을
영원히 잊을 수가 없어요!

중국에 왔을 때는
어떤 기억을 제일 지울 수 없나?
기척에도 토끼처럼 귀를 쫑긋
날마다 속이 한줌 조마조마
잡혀갈까 숨죽이던 그 기억을
도무지 지울 수가 없어요!

통일이 된 먼- 후이면
어떤 기억이 제일 옛말로 될까?
빌어먹는 남조선 어린이들
불쌍해서 눈물을 똘랑똘랑
괜히 울던 바보 같은 우리들
그 거짓말이 옛말로 될거예요!

제4부

마지막 기도

© 안선숙

마지막 기도

하나님,
만약 래세가 있다넌
굶어죽기전 얼어죽기전
이렇게 무릎 꿇고 엎드려서
눈을 감고 두 손 모아
간절히 간절히 기도하나이다!

부모, 형제도 다 죽고 없는
헐벗고 굶주린 꽃제비인 이 몸이
지금 당장 세상에서 사라진다 해도
누구 하나 아무런 관심도 가지지 않는
벌레만도 못한 가련한 인생이지만–

정말 래세가 있어
기어코 이 몸을 다시 태어나게 하려거든
하나님, 다음 생에는
제발 이 몸을 조선이 아닌
다른 나라에서 태어나게 해주소서!

사막인 아프리카 어느 나라든
혹은 제일 추운 북극 어느 땅이든 좋으니

유독 이 나라– 조선에서만은
절대로 태어나지 말게 해주소서!

지지리도 불행한 이 몸은
이 나라 조선에서 잘못 태어난
단 한 가지 죄아닌 그 죄로
온갖 천대 갖은 멸시 다 받다가
드디어 이렇게 굶어죽나이다
끝끝내 쓸쓸히 얼어죽나이다

원하옵건대
다음 생에는 비천한 이 몸이
부디 다른 나라에서 태어나
꽃제비가 아닌 한 가정 보배둥이로
사람답게 행복하게 살다가
제명대로 눈을 감게 해주소서!

하나님,
만약 래세가 정말 있다면
너무나 짧은 생을 고달프게 살다가
비참하게 마감하는 불쌍한 이 고아가
눈물로서 해올리는 마지막 기도
마지막 이 소원을 꼭 들어주소서…

어느 꼬마의 특별청구

하나님. 저는 워낙
한평생 착하게 살고 싶었지만
돌아다보니
쬐꼬만* 제가 짧은 생을 사는 동안
너무 많은 죄를 저질렀습니다

온 집안 사랑을 독차지하며
어쩌다 생긴 한 숟가락 풀죽마저
저만 혼자 납작납작 받아먹어
허기진 아빠엄마 굶겨 죽인 죄

그렇게 꽃제비가 되어
온 나라 방방곡곡 떠돌면서
배고프다 음식을 도적질해 먹은 죄
너무 추워 남의 집 빨래까지 훔친 죄

그러고도 모자라
나서 자란 조국마저 배반하고
끝내는 남의 땅에 도망쳐가
또다시 류리걸식* 빌어먹으며
나라망신 쫄딱 시킨 매국역적죄

알고도 지은 죄
모르고 지은 죄
자기도 모르는 새 얼떨떨결에
아차 그만 너무도 많이 저지른
하늘에 사무치는 오만가지 죄 죄 죄

이토록 고슴도치 외지듯
죄만 잔뜩 지은 제가 만약 죽는다면
당연히 지옥으로 가야 마땅하나
그러나, 자비로운 하나님
저는 정말 지옥으로 가기 싫습니다.
이왕 갈바에야 너무나도 보고싶은
엄마아빠 계신 천국으로 가고 싶습니다

제 비록 많은 죄를 지었으나
필경 저는 이제 겨우 열두 살
캄캄한 이 세상을 다 알기엔
아직은 너무나 맹랑하고 역부족한
가련한 철부지 아이입니다

이러한 제 사정을 참작하시고
부디 저를 불쌍히 여기셔서
제가 죽는 마지막 심판의 날
저에게 처벌을 내리시더라도

조금은 경한 벌을 내리셔서
제발 지옥에는 보내지 말아주세요
네?! 자비로운 하나님 아버지…

* 쬐꼬만 – 조그만
* 류리걸식 – 유리걸식

해 방

애들아,
드디어 죽음의 시각이 닥쳐왔다!

허나,
굶어서 죽든
얼어서 죽든
우리에겐 죽음이 곧 해방이란다!

지옥인 이 세상을 떠나
고달픈 이 삶을 벗어나
온갖 모든 고통에서 해탈되는데
그 무슨 미련이 남을게 있니?

애들아,
흐르는 눈물을 쓱 – 씻고서
아쉬움도 두려움도 모두 떨치고
우리 서로 굳게 손에 손잡고
용감하게 어서 가자 해방의 길로…

마 중

다시는
배고픔도 추위도 없는 세상
그 낙원으로 이제 우리 간단다.

여태껏
굶주리고 헐벗었던 우리에게
그보다도 더 좋은 곳 어디 있니?

게다가
엄마아빠까지 함께 있는 천국이니
너무나 얼마나 좋으랴!

드디어
그토록 바라던 념원대로*
천국의 대문에 이르렀으니
무거웠던 이 세상 짐을 다 부리우고
홀가분한 몸으로 어서 모두 마중가자!

* 념원대로 – 염원대로

동 행

이렇게
하나, 둘, 셋, 넷, 다섯이서
우리 서로 굳게 손에 손잡고 가자!

남들은
갈 때 모두 홀로 쓸쓸히 가는
고독한 이 죽음의 길이지만
우리는 혼자가 아니라
다섯이나 서로 굳게 손잡고 가니
얼마나 행운이랴
조금도 외롭지 않아요.

아무리
무시무시한 마지막 길이라도
평소 항상 서로 돕고 의지하던
정 깊은 형제들끼리
이렇게 굳게 뭉쳐 함께 가니
너무도 마음이 든든해
하나도 무섭지 않아요

얘들아
아무리 가파로운 길이라도
마지막까지 서로 고무, 격려하며
하나, 둘, 셋, 넷, 다섯이서
우리 함께 더욱 굳게 손잡고 가자!

조선의 아이

하나님, 죽기 전 저에게
간절한 한 가지 소망이 있다면
들어주리이까 거절하리까?

하나님,
바람 앞에 등잔불처럼 간들간들
숨져가는 꽃제비의 마지막 소원이오니
한번만 귀 기울여 주소서!

다름이 아니라 하나님,
이 생은 지옥에서 살았으니
다음 생에는 천국에서 살게 해주소서…!!!

천 국

가엾은 동생아
이제 우리들이 굶어죽게 되었지만
무서워하지 말어라
너무 슬퍼하지 말어라

이제 죽으면 우리는
아빠엄마 있는 그곳으로 간단다.
그곳이 어디냐고?
아빠엄마와 함께 있는 곳이라면
그곳이 바로 천국이지!

그곳은
굶주림도 추위도 없는 딴 세상
다시는 아빠엄마와 헤어지지 않고
예전처럼 오손도손 가족이 모여
영원히 행복하게 살아갈 락원

고달픈 이 세상을 떠나서
아름다운 그 천국으로 가는데
무엇이 그리 무서울게 있니?
또 무엇이 그리 슬플게 있니?

그러니 동생아
우리 함께 기뻐하며 박수치자
그보다도 마지막 기운을 내어
울지 말고 웃으면서 죽음을 맞이하자!

그래 배야 더욱더 고파라
바람도 세차게 불어 몸아 더욱 얼어들어라
우리들의 아빠엄마 손짓하는 저기 천국
나와 동생 어서 빨리 천국 가게…

지 옥

아빠엄마 모두다 굶어죽고
꽃제비인 나도 단박 죽게 된 이 땅

지옥이 따로 없어요.
우리에겐 여기가 바로 지옥이예요

굶주린 꽃제비가 욱실대는
온 나라가 그대로 지옥인 이 땅

이 나라의 대왕은 염라대왕
드르릉 열렸네요 염라국 활짝 대문…

원 쑤

이렇게 살바에야
구태어 살아서 무엇하랴?

이대로 하루라도 더 살면
그만큼 고통이 길어지니
차라리 죽으면 더 편한 것을
죽으면 추위도 굶주림도 없어지니
얼마나 행복하랴!

마침내
눈을 감고 스스로 목을 매어
행복을 찾아 막 떠나는데
이제 단박
행복의 대안에 닿으려는데-

생뚱같이
왜 나를 살렸어요?
왜 내 행복을 방해하나요??
당신은 그리도 할 일이 없으세요…???

아시나요?
악에 받친 이 몸을 구한 건
그 무슨 고마운 은인이 아니라
원쑤예요 원쑤 원쑤… !!!

부언:

어느 한 번은 목을 매달아 죽으려는 꽃제비언니를 숨이 넘어가기 직전에 구해주었는데, 그 언니한테서 왜 살렸냐면서 실컷 욕만 먹고 원망소리만 들었습니다. 저는 그때 너무 슬펐습니다.

충 동

이 세상에
나라는 존재가 없다면
얼마나 좋으랴
더불어 모조리
온갖 고통도 사라지련만…

나와 함께
동시에 태어난
오만가지 모든 불행
가령 내가 없다면
그 모든 것도 없을 것을-

이제라도
홀연간 내가 없어질까
행복은 모르지만
적어도 그 즉시
'모든 불행 끝' 인데야!

훈이의 최후

허기진데다
큰 병에 걸려 앓으면서
며칠을 잘 견디던 훈이가
도저히 안되겠던지
어느 날 우리에게 말했다

내가 얼마나 힘든지
너희는 보아서 다 알지?
지금 내 생각은 단 하나 –
이 배고픔과 혹독한 추위
이 뼈를 갉는 병의 아픔도
어서 빨리 멈추게 하고파…

가까스로
무거운 짐수레를 끌듯
꽁꽁 언 몸을 움직여
벌벌벌 네 발로 기어가
순식간 훌쩍
벼랑아래 몸을 던진다…

부언:

훈이는 워낙 내 친구였습니다. 그런 그가 자살했을 때 나는 사흘 동안 울었습니다.

아이의 고민

날마다 끝도 없이 이어지는
혹독한 이 추위, 굶주림, 병마
모든 고통을 끝내기 위해
지금 당장 죽는다면 얼마나 좋을까
그토록 죽고는 싶은데
딱 한 가지 주저되고 망설여지는
나만 알고 모대기는 속고민…

듣자하니 사람이 죽을 적
진짜 말로 형언할 수 없을 정도로
굉장히 아프고 괴롭다는데
이제 내가 만약 죽는다면
엉덩이 주사 한대 맞는 것도
무서워 벌벌 떠는 담약한 내가
과연 그것을 참아낼 수 있을까?

죽더라도
아프지 않게
최고로 괴롭지는 않게
조금 편하게 죽는 방법은 없을까?

만약 도무지
아무래도 그것을 피할 수 없다면
몸부림치는 시간을 최대한 줄이게
좀 더 빨리 죽는 방법은 없을까???

가장 좋기는
단 1초만에 죽지는 못할까
아니면 10초, 1분이라도 좋을텐데
아무튼 죽고자 하는 나한테는
그 진통이 짧을수록 더욱 좋은데야!

어떻게 하면
제일 힘든 마지막 그 고비를
비교적 쉽게 순식간 넘길 수 있을까
날마다 고민하며 생각한다

아아, 정말 진짜 죽고는 싶은데
그것이 너무너무 공포스러워…

부언:

저에게 한 꽃제비친구가 있었습니다. 그 애는 특별히 담이 약했습니다. 훈이가 죽은 후 그 애도 차라리 훈이처럼 죽고 싶은데 너무 오래 많이 아플가봐 그게 두렵다고 나에게 말했습니다. 그후 그 애는 겨울에 밖에서 얼어죽었습니다.

정 답

애들아,
죽는 것이 더 편하냐?
사는 것이 더 편하냐?

당연히
죽는 것이 더 편하지
죽으면
춥지도 배고프지도 않으니깐!

쳇-,
그럼 꺼벅 뒈질거지
왜 사냐?

흐흐,
그거야…
죽지 못해 사는거지!

사람이 공기만 먹고 산다면

만약 이 세상에
밥이라는 게 없다면
얼마나 좋으랴
밥이 없으니
밥 먹을 필요도 없고
훔치는 죄도 짓지 않고…

설사 그 무슨
밥이 있다 해도
나에게 배가 없다면
또 얼마나 좋으랴
배가 없으니
배고플리도 없으련만…

사람이 그저
공기로만 먹고 산다면
그리고도 살수 있다면
더더욱 얼마나 좋으랴
이 세상 온천지에
흔한 게 왕창 공기임에랴!

친구생각

이 세상 살아가기가
너무너무 힘들어
요즈음은 저 세상 생각만 한다

한 달 전
굶어죽은 철이는
지금은 배고프지 않겠지?

며칠 전
얼어죽은 영희도
하나도 춥지도 않을거고…

이제는
머나먼 극락세계에 가서
조용히 편안하게 지낼테지?!

남아있는 우리들은
아직도 굶주리고 추위에 떨고
계속 죽게 고생만 하고 있는데…

이 세상 고통을 훌쩍 등진
불쌍했던 철이, 영희 그 친구들
오히려 그저 부럽기만 하다

요즈음은
어쩐지 이상하게
자꾸만 그 애들과 같이 있고 싶다…

마지막 인사

이 밤은 작별의 밤
삶에 절고 몹시 지친 우리들이
이 세상에서 마지막으로 머무르는
참으로 쓸쓸한 최후의 밤–

배가 등 뒤에가 찰싹 붙은데다
누데기 홑옷을 입은 온 몸이
바깥에서 더욱 떵떵 얼어들어
이제는 감각마저 없어졌으니
아무래도 우리들이 무사히
오늘밤을 넘길 것 같지 못하구나!

게다가
눈보라까지 세차게 휘몰아치며
더더욱 기승을 부리고 있으니
우리 어찌 이 밤을 넘길 것인가…?!

얘들아,
하나라도 추위가 덜어지게
달팽이처럼 옹송그린 우리 몸을
더욱 가까이 딱 붙여 기대자

그다음 최후로 무엇을 할까
곰곰이 할 일을 생각해보자

무엇보다 우리 마주 웃으면서
서로 굳게 악수하자
가더라도 마지막 작별인사는
제대로 나누어야 할게 아니냐?

우리 이 세상에 머무는 동안
어떻게 호상 돕고 의지하며
오만가지 고난도 함께 헤쳐온
얼마나 정이 깊은 형제사이인데
이 곳을 떠나는 마지막 날
변변한 인사조차 없을소냐?

아쉬운 추억에 잠겨
짧은 생을 잠간 한번 뒤돌아보고
슬픔도 기쁨도 같이 나누며
이 험한 세상을 함께해줘 고맙다고
서로 먼저 인사하자

그때는
정말 너무 고달팠던 잊고싶은 옛일이나
지금은 정작 떠나려니

어쩌면 새삼스레 눈물나게
함께했던 지나간 순간들이 그립다고
다시 한번 말해보자

그래도
다행히 그 세월을 함께했던 형제들이
갈 때도 이렇게 마지막까지 함께 가니
정말로 감개가 무량하다고
크나큰 위로가 된다고
진심으로 고백하자

… …

이 밤은 최후의 밤
그러나 세상을 떠나가기 전
서로 굳게 손잡고 눈물로 작별하는
우리들사이 할 말은 끝이 없어라…

부언:

우리는 그 겨울밤 울면서 그렇게 서로 마지막 인사를 나누었습니다. 이튿날 우리 일곱 명 중 저와 다른 한 남자애 겨우 둘만 살아남고 나머지 애들은 전부 얼어죽었습니다. 다행히 저는 약자인 계집애라고 다른 꽃제비애들이 중간에 집어넣고 그 주위를 빙- 둘러서 감싸고 잤기에 요행 살아남았습니다. 그 일을 생각하면 지금도 눈물이 줄줄 흐릅니다.

의 리

만약 오늘 저녁 하나님이
기어이 우리를 데리러 오신다면
우리 서로 굳게 손에 손잡고
경건하게 무릎을 꿇은다음
우리의 진솔한 마음을 담아
성심껏 기도하며 마지막 청구를 드려보자

하나님,
원하옵건대 데려가시더라도
우리를 뿔뿔히 흩어지지 말게 하시고
아무쪼록 한 곳으로 데려가 주옵소서!

캄캄한 이 세상을 살아가면서
슬픔도 고통도 같이 나누며
형제처럼 맺어지고 깊어진 끈끈한 정
우리는 절대로 떨어질수 없사오니

천국이든 지옥이든 다 좋으니
이 세상에 머무를 때처럼
그곳에 가서도 우리들이
계속 서로 힘이 되고 의지가 되게
언제나 함께 있게 해주옵소서!

우리는 의리의 형제들이라
죽어도 떨어질수 없사오니
이 세상 저 세상 어디에 가서든지
영원히 함께하길 원하나이다
하나님, 우리의 그 의리를 헤아리셔
마지막 청구를 들어주소서…

제5부

족제비와 꽃제비

© 안선숙

제 비

제비 제비
무슨 제비?
청제비 구제비도 아닌
우린 꽃제비

청제비 구제비는
따뜻한 둥지 있고
고운 나래도 있어
탁- 트인 꿈하늘
훨훨 날지만

꽃제비 우리는
돌아갈 집도 없고
날개도 없어
이 땅위 여기저기 떠돌며
꿈도 버렸다!

나래 돋친
청제비 구제비는
으스스 가을이 오자
제일 먼저 풍족한 곳 따뜻한 곳
용케 벌써 찾아갔지만-

나래 없어
강남에도 가지 못한
가련한 꽃제비들
입김으로 손을 호호 불고
세차게 발을 동동 구르며

눈 오는 이 추운 겨울밤
어디서 잘까
낯설은 이국땅
차가운 네거리에서
오락가락 정처없이 헤매인다…

족제비와 꽃제비(1)

산언덕의 제비
족제비는 땅굴에서 살지만
이 나라의 제비
꽃제비는 제 집도 없어요

산굴에서 내려온
부러운 족제비는
닭, 토끼 훔쳐도
죄가 될게 없지만

한평생 떠도는
꽃제비 우리는
배고파 훔치면
맞아 죽고 감옥 가요

이것이 바로
우리 꽃제비들의 운명
이 나라 꽃제비는
족제비보다 못해요…

족제비와 꽃제비(2)

온 몸뚱이에 털이 돋아
얼마나 따스할까?
게다가 저저마다 한 채씩
부러운 제집인
훈훈한 땅굴까지 갖고 있으니…

그래서 우리들 눈에 비친
족제비는 족부자
무엇이나 흡족하고 풍족해서
모든게 족하니
그 이름 족제비-

그러나
털도 없고 집도 없어 너무 가난한
꽃같은 이 나라 꽃제비들
봄이면 계절 따라 피었다가
겨울이면 눈바람에 쓰러지는
그 이름도 꽃을 닮아 꽃제비

무수한 이 나라 꽃제비들
올해도 족제비 부러워하며

눈 오는 이 추운 한 겨울

산과 들에 남의 집 처마 밑에

으슬으슬 오들오들 떨다가

아, 얼마나 많이 얼어 죽었을까…???!

부언:

북조선에서 날마다 무수히 굶어죽고 얼어죽는 꽃제비아이들…
특히 겨울이면 거의 절반이상이 밖에서 얼어죽습니다.

엄 동

이 세상에 날 때부터
포근한 털외투 몸에 두르고
훈훈한 땅굴에서
귀하게 태어난 족제비아기

그래서
아무리 추운 겨울 닥쳐와도
한 평생 얼어 죽을 근심없이
값비싼 털외투 떨쳐입고서
위풍당당 살아가는 족제비신사-

왜 엄마, 아빠는
족제비가 아니어서
나를 한 마리 족제비로 낳지 못했나?

혹여 헐벗은 이 몸이
이 추운 엄동을 견디지 못하고
밖에서 얼어 죽으면
하나님, 다음 생에는
제발 나를 비천한 꽃제비 말고
족제비아기로 태어나게 하소서…!!!

왜 하필…

아쉽다
꽃제비로 말고
애당초 족제비로 태어날걸!

아니면
꽃제비로 말고
지지배배 청제비로 태어날걸!

이도 저도 아니면
하다못해 구제비로 태어나도
얼싸 좋으련만-

하도 많은 제비들 중
왜 하필 내가
딱 꽃제비로 태어났을까???

차라리
족제비 청제비 구제비로라면
행복할 것을… !!!

꽃제비의 통일련가

하늘을 훨훨 나는
자유로운 저 제비가 부럽단다.
이 나라 애처로운 제비들
무수한 꽃제비들은…

하늘을 나는 저 제비들은
따뜻한 봄이 되면 찾아왔다
추운 가을 오면 훨훨훨
저저마다 남으로 날아가지만–

이 나라 꽃제비들은
배고파도 추위가 닥쳐와도
남으로 남으로는 절대 못간다
나래 없어 못간단다 못간단다
꿈에서만 간단다 간단다

그토록 한없이 그리운
꿈에도 가고싶은 가고싶은
동족이 사는 부요한 나라
따뜻한 남쪽이지만
삼팔선이 가로막혀서…

필사의 날갯짓

나와 똑같은 아이들이
배불리 따스하게 산다는
부러운 남쪽 나라
추위와 굶주림이 없는
행복한 딴 세상

그토록 그리워
사무치게 가고 싶은
남쪽 나라지만
삼팔선이 가로막혀서
도무지 갈수가 없어

그래서
이 나라의 꽃제비들
하는 수 없이
북으로 북으로 북으로만 간단다

북으로 북으로
이국으로라도 가다가 도망가다
굶어 죽고
얼어 죽고
맞아 죽고…

요행 살아
겨우 빠져 나오면
그래도 못잊어 차마 못잊어
꿈에도 그리던 동경의 땅
희망의 남쪽나라로-

그렇게
또다시 남으로 남으로
오로지 남으로만 향한
오, 이 나라 제비들의 최후 몸부림
필사의 날갯짓 낼갯짓 날갯짓…

꽃제비의 유언

봄이 오면 피었다가
겨울 되면 스러지는
꽃을 닮아 꽃제비
얼어죽는 꽃제비

꽃제비 죽으면
양지바른 언덕에다
고이 곱게 묻어주고
꽃씨 한 알 심어주소!

그러다 봄이 와서
그 무덤에 꽃이 피면
동냥하던 날 본듯이
풀죽 주듯 물도 주소!

그러면 그 고마움에
꽃이 된 이 내몸은
경례하듯 춤을 추며
지난날을 회억하리…

필요 없어서…

내 집에는
큰 그릇이 없어서
식장도 없단다
필요 없어서…

내 집에는
사발이 없어서
밥상도 없단다
필요 없어서…

내 집에는
밥이 없어서
숟가락도 없단다
필요 없어서…

필요 없는 그것들을
몽땅 팔아
필요한 먹을 것만 바꾸어
다 먹어버리고

나중에는 굶어죽어
부모까지 없고나니
그 집마저 버렸단다
필요 없어서…

그렇게 빈털터리
여기저기 동냥하며
정처 없이 떠도는 몸
꽃제비로 되었단다

필요 없는 모든 걸 다 내놓고
필요한 몸뚱이만 달랑 나와
제비처럼 자유로운 몸이 되어
이곳저곳 천하를 유람한다…

세상에서 제일 큰 집

어느 누가
이 나를 집도 없는 빈털터리
가난뱅이 거지애라고 비웃어…?!

어림도 없는 소리-
저기 저 하늘이 내 집 지붕이고
여기 이 땅이 내 집 온돌인걸!

힝-, 이 세상에
내 집보다 더 큰 집 가진 부자가 있다면
어디 한 번 나와 보라고 해!
아마 절대 절대로 없을 걸…

흐흐흐, 나는 대부자
이 세상에서 제일 큰 집을 가진
나는 세상에 부러움 없는 억만장자!!!

세상에서 제일 맛있는 것

이 세상에서
제일로 맛있는 건 무엇일까?

세상에서
제일로 맛있는 건
고소하게 불에 구운 메뚜기

세상에서
제일로 맛있는 건
구수하게 푹- 삶은 개구리

그런데, 참
여름이 가고 겨울이 오면
메뚜기도 개구리도 없을텐데
그러면 무엇이 제일 맛있나?

아무렴, 또 있지비!
길옆에 병들어 죽은 쥐고기
그것이 세상에서 제일 맛있지…

꽃제비 천지

굶주린 마을 사람들이
막 잡아먹자 달려들어서
허겁지겁 줄행랑
요행 도망쳐나온 집짐승들

너무 로실한 황소, 염소
너무 미련한 돼지, 닭은 안돼!
그리고 총명한척은 하나
너무 온순한 토끼도 절대 아니고…

무시무시한 그 동네를
아짜아짜하게 쏙- 빠져나와
겨우 목숨을 부지한 날쌘돌이
희소한 그 영웅이 누구냐 하면-

흐흐, 그들이 바로
령리한* 강아지인 너와
기민한 고양이인 나뿐
이렇게 우리 둘이 전부야!

머저리처럼 죽자고
절대 다시 집에는 안돌아가고
산에서 들에서 살아가는
언녕* 산개 들개, 산고양이 들고양이로 변한
너와 나도 결국 따지고 보면 꽃제비

흐흐흐, 너는 강아지꽃제비
나는 고양이꽃제비
요즈음 세상은 어데가나 온통 꽃제비천지
지금은 꽃제비가 철철철 넘쳐나…

*령리한 – 영리한
*언녕 – 일찍, 오래전부터

복 받은 이웃나라 꽃제비

꽃제비가 되어도
잘사는 나라에서 태어나
잘사는 나라 꽃제비가 되고싶어요
못사는 나라 꽃제비는 싫어요

빌어먹어도
잘사는 나라에서 깡통을 들고
잘사는 사람들 손에서
배불리 얻어먹고 싶어요

오늘 하루
세끼 아닌 한 끼니 근근득식
풀죽으로 겨우겨우 살아가는
뼈만 앙상하게 남은
가난한 이 나라 백성들

굶주린 자기 배 하나 채울
그런 죽도 없는 신세에
귀찮은 꽃제비인 우리에게 줄
나머지 밥이 어디 있을까요?

하지만 잘사는 이웃나라
그 동네 식당에 가보면
금시 두 눈이 휘둥그레져요
너무도 황홀하고 눈부셔
도무지 기억에 지울 수 없어요.

우리 모두 난생 처음
구경도 하지 못한 산해진미
상다리 부러지게 차려놓고
손님들 절반도 채 못 먹고
남기고 간 산처럼 쌓인 요리들

이미 한 번 상에 올린 음식이래서
다시는 사람들이 먹지 않고
구정물에 쏟아서 돼지들만 먹이는
부요한 그 나라에서는
그게 바로 버리는 찌꺼기래요

얼마나 좋을까
잘사는 이웃나라 꽃제비들
하루 종일 빈둥빈둥 놀다가
배고프면 아무 식당에나 찾아들어
배 두드리며 실컷 먹어도 되는-

못사는 우리나라 꽃제비더러
보라는 듯 껄껄껄 게트림하며
홍청망청 배불리 먹고 사는
잘사는 이웃나라 복 받은 꽃제비가
정말로 사무치게 부러워요…

환 생

잘사는 이웃나라 돼지는
흥청망청 배터지게 잘 먹지만
못사는 우리나라 꽃제비는
풀죽도 없어서 굶주려요

잘사는 이웃나라 돼지는
누구나 제굴 한 채 갖고 있지만
못사는 우리나라 꽃제비는
집도 없어 정처 없이 떠돌아요

잘사는 이웃나라 돼지는
돌봐주는 주인이 따로 있지만
못사는 우리나라 꽃제비는
의지가지 전혀 없는 고아래요

잘사는 이웃나라 돼지는
날따라 피둥피둥 살이 찌지만
못사는 우리나라 꽃제비는
나날이 앙상하게 야위어가요

못사는 우리나라 꽃제비보다
잘사는 이웃나라 돼지가 행복해요
잘사는 이웃나라 돼지로 환생해
다음 생엔 행복하게 살고 싶어요…

외국나들이

못사는 우리나라 꽃제비들
잘사는 이웃나라 꽃제비더러
아무리 놀러오라 청하여도
그 애들은 올 궁리도 안하지만-

잘사는 이웃나라 꽃제비가
못사는 우리나라 꽃제비들을
종래로 오라고 부르지 않아도
우리들은 해마다 찾아가요!

잘사는 이웃나라 꽃제비들이야
못사는 우리나라 왜 오겠나요?
와봤댔다 풀죽도 못얻어먹고
배만 홀쭉 흐흐, 급히 내뺄 바에야…

못사는 우리나라 꽃제비들
오랜만에 이웃나라 방문 가서
굶주렸던 배를 한껏 만포식하면
삶이 다시 황홀하게 느껴져요.

월경작전

그 무슨 려권이 필요없단다
자유분방 제멋대로 떠돌며 사는
자유 몸인 날랜 우리 꽃제비들에게는
텅 빈 손이 려권보다 더 낫단다

그 옛날 일본수비대 따돌리고
빨찌산이 무인지경 넘나들 듯
넘어가던 압록강선 두만강류역
오늘은 더욱 날쌘 우리식의 축지법

아무리 국경이라 할지라도
순식간 경비대 따돌리는 우회작전
눈을 팽글 기민하게 굴리다가
총알같이 튀어나와 냅다 뛰면 그만인걸!

배도 따로 필요 없단다 우리에게는
여름이면 개발헤엄 촐랑촐랑 건너가고
겨울이면 더 쉽고 편리한 얼음강판
두발 쭉– 미끌어 넘어가면 그뿐인데…

봄이면 날아왔다 가을이면 날아가는
계절 따라 이동하는 철새처럼
해마다 벌리는 신출귀몰 월경작전
너무도 인이 박혀 무난하게 넘어간다…

새들의 이사

이제는 새들도
무리를 지어 이사를 간다

풍년이 들든
흉년이 들든
한전 수전 이 나라 밭이란 밭에
사람이란 사람들이 쫙 다 깔려서
벌떼처럼 이삭주이를 한다

그래서
얼마 되지도 않는 그 이삭보다
이삭 줍는 사람들이 훨씬 더 많아
오르락내리락 싹 다 훑어서
깡그리 바닥을 내 깡치를* 내-

인젠 이삭은커녕
흘린 낟알 한 알도 구경 못해
자기들도 배를 촐촐 굶주린 신세
정말 당장 이사 가지 않으면
참새들 다 굶어죽게 되었다고
짹짹 짹짹 항의가 빗발치더니

결국은
요즈음은 돌연 잠잠 왜냐 하니
월경하는 꽃제비들을 따라서
잘사는 이웃나라 밭으로
모조리 이사를 가버렸다네…

*깡치–싹쓸이

제 6 부

꽃제비의 소원

© 안선숙

의 문

신기한 이웃나라 꽃제비는
입는 옷도 두툼하게 잘 입어요
종래로 얼어죽지 않는대요

신기한 이웃나라 꽃제비는
먹는 것도 배불리 잘 먹어요
절대로 굶어죽는 법 몰라요

다 같은 못사는 꽃제비인데
왜 이 나라 꽃제비만 훨씬 가난해
더더욱 헐벗고 굶주릴까요?

다 같은 떠도는 꽃제비인데
왜 이 나라 꽃제비만 더욱 불행해
밤만 자면 얼어 죽고 굶어죽나요…???

의 심

세상에서 제일 살기 좋은 내 나라
하여 노래도 세상에서 제일 듣기 좋은
"내나라 제일로 좋아…"

꽃도
세상에서 제일 아름다운 김정일화
동상도
세상에서 제일 높이 모신 수령님동상

그리고
세상에서 제일 큰 개선문
세상에서 제일 우뚝 선 사상탑
세상에서 제일 화려한 대집단체조

그보다도
세상에서 제일 위대한 령도자
세상에서 제일 영광스러운 노동당
세상에서 제일 우월한 사회주의제도

무엇이나 다
세상에서 제일 좋은 으뜸인데

그런데 그런데 그런데
세상에서 제일 헐벗은 인민
세상에서 제일 굶주리는 꽃제비
세상에서 제일 빈궁한 이 나라
정녕, 왜 왜 왜서일까…???

'?'

이 나라엔
세상에서 제일 위대한 수령이 있고
또
세상에서 제일 헐벗은 인민도 있고…

이 나라엔
세상에서 제일 세련된 로동당이 있고
또
세상에서 제일 굶주린 꽃제비도 있고…

이 나라엔
세상에서 제일 우월한 제도가 있고
또
세상에서 제일 크나큰 불행도 있고…

이 나라는
도무지 참으로 알 수가 없는 괴상한 나라
"?"
처마밑 제비도 매달려 갸우뚱 생각한다…

나라의 꽃

나라의 꽃봉오리 우리들더러
"활짝 피어라!"
자애로운 장군님 내리신 축복

하지만
꽃도 물을 주어야 피어나는데
우리에겐 아무것도 주지 않으니
나날이 말라 죽고 시들 수밖에…

게다가
집안의 창턱 위에 화분통도 아니고
이 추운 겨울 바깥에다 내놓고
찬 눈만 퍼부으며 피라고 하니
어떻게 활짝 피어날까…???!

왕과 꽃

우리는 나라의 왕이 아니예요.
멸시받고 천대받는 밑바닥 아이
기어이 '왕' 자를 붙인다면
우리는 비천한 왕거지래요!

우리는 나라의 꽃도 아니예요.
남루한 누더기에 때 묻은 얼굴
기어이 '꽃' 자를 붙인다면
우리는 헐벗은 꽃제비래요!

사회에서 내팽개친 서러운 고아
나라의 왕, 꽃이라니 당치 않네요
굶어죽고 얼어죽고 꿈도 버린
우리는 이 세상 불행아래요!

성냥 파는 처녀애

성냥 파는 처녀애는 그래도 손에
팔다 남은 성냥이라도 쥐고 있어
추우면 한 가치씩* 픽– 그어서
불이라도 조금 쬘 수 있지만
나는 손에 아무것도 없어요

성냥 파는 처녀애는 손에 쥔 성냥
픽– 하고 한 번씩 그을 때마다
고소하게 구운 거위 걸어 나오고
돌아가신 할머니도 만나보지만
나는 그런 환각조차 안 떠올라요

성냥 파는 처녀애는 나와 달라요
그 애는 장사군 나는 꽃제비
처녀애가 나보다 행복하고요
나는 훨씬 그 애보다 불행해요
성냥 파는 처녀애가 부러워요…

* 가치씩–개비씩의 단위

고 아

“활짝 피어라!”
“우리는 행복해요!”
“세상에 부럼없어라!”

오늘도 비칠비칠 길에 나서면
거리마다 골목마다 크게 나붙은
눈 뿌리 빼는 번듯한 표어판들

그런데–
온 집 식구 굶어죽고 홀로 남은
나는 왜 활짝 피어나지 못하고
배고파 나날이 시들어갈까?

그보다도 나는 왜 이렇게
조금도 행복을 느끼지 못하고
크나큰 슬픔에 잠겨있을까?

더군다나
갈기갈기 찢어지는 이 가슴
아빠엄마 손잡고 걷는 애들이
더더욱 사무치게 부럽기만 한데…

통 곡

하늘을 흘기며 울부짖어도
하늘이 미워서 욕질함이 아니다
땅을 구르며 몸부림침도
땅이 지겨워 발광함이 아니다

하늘땅 넓어도 갈 곳이 없는
이 신세가 너무도 한스러워
하늘을 우러러 발을 구르며
고래고래 괴성을 지르니
무서운 통곡이 터져 나온다!

땅이여
갈라져 나를 삼키라!!
하늘이여 꽈다땅–
나에게 벼락을 쳐다오…!!!

서 광

캄캄한 어제
캄캄한 오늘
캄캄한 내일

가고 가고 또 가도
끝나지 않는
캄캄한 밤길
너무너무 힘겨운 고행길

낮에도 캄캄
밤에도 캄캄
끝없는 캄캄칠야
우리에게 낮과 밤이 따로 없어요

앞을 봐도 캄캄
뒤를 봐도 캄캄
산지사방 어디나 캄캄함뿐
영원히 끝나지 않아요

눈부신 태양이 두둥실
앞에 불쑥 솟아올라 비추리라고는
아예 바라지도 꿈꾸지도 않아요.

조각달도 뜨지 않고
애기별 한 개도 없는
지지리 긴 칠흑같이 캄캄한 이 밤

어디선가
그저 한 가닥
아주아주 희미한 서광이라도
비쳤으면 좋겠어요

다만
그뿐이면 너무너무 족해요
실낱같은 어스름 그 빛이
우리에겐 생명의 연료이니깐…

그 빛조차 없을까봐
두려워요!

가다가
꺼지지 않게
희망 한 자락 움켜잡고
걷고 싶어요…

꽃제비의 소원

꽃제비의 소원은
언제나 텅- 빈 손을 내밀어
남에게서 받기만 하는 것이 아니래요
꽃제비의 소원은
두 손 가득 무엇인가 듬뿍 쥐여
언젠가 남에게 주고 싶어요

너무나 헐벗고 가진게 없어
지금은 이리저리 빌어먹으며
구차스런 동냥으로 살아가지만
꽃제비인 우리에게도
저저마다 가슴깊이 오래 간직한
한 가지 아름다운 꿈이 있어요

눈만 감으면 무지개처럼 떠오르는
칠색령롱한 꿈 신기루 같은 꿈
어느 날 왕처럼 나에게 만약
으리으리한 멋진 궁전 생긴다면
나는 당장 통이 크게 베풀거예요

지금의 나처럼
헐벗고 굶주린 아이들을 몽땅 불러다
이 지구가 떠나갈 듯 떠들썩
크나큰 잔치를 벌릴거예요

궁전 안의 보물들을 몽땅 털어서
이 세상의 불쌍한 애들에게
좋은 옷 해입혀 따뜻하게 살게 하고
날마다 배불리 먹일 거예요

다시는 거리에서 구걸하며
천대받고 멸시받는 아이들이 없도록
누구나 다 궁전에서 살게 하고
내가 그들의 좋은 왕이 될 거예요

그 누가
꽃제비에겐 꿈이 없다 했나요?
꽃제비의 오래된 꿈 가장 큰 소원은
헐벗고 굶주리는 꽃제비가 없는 세상
그러한 세상을 만드는 거예요…

요술막대기

전설 속에 나오는 요술막대기
그 막대기 내 손에 쥐어 준다면
나는 얼른 그 막대기 살짝 들어서
아름다운 밝은 세상 만들 거예요

밥 나오라 뚝딱하면 밥이 나오고
떡 나오라 뚝딱하면 떡이 나오고
이 나라 굶은 애들 모두 불러다
제일 먼저 배불리 먹게 하고

옷 나오라 뚝딱하면 옷이 나오고
신 나오라 뚝딱하면 신이 나오고
다시는 그 애들이 헐벗지 않게
누구나 다 포근하게 차려 입히고

무엇보다 제일로 성수나는건
이 세상 부모 잃은 고아들에게
돌아가신 아빠엄마 다시 만나고
영원히 행복하게 살게 할래요

동화 속에 나오는 요술막대기
그 막대기 나에게 차려진다면
나는 당장 그 막대기 휙휙 휘둘러
캄캄한 이 세상을 바꿀 거예요!

어머니의 제사

어머니,
오늘은 허기져 세상 뜨신지
삼년 되는 어머니의 제사날입니다
오늘따라 하늘 가신 어머니가
새삼스레 사무치게 그립습니다

하지만
집을 나와 떠도는 이 아들은
초라한 제사상인 바위돌 위에
아무것도 차리지 못하고
고작 이렇게 염소가 먹는 풀 한줌
겨우 이것밖에 올리지 못합니다

어머니,
초라하다 나무라지 마세요.
지금 제가 먹고 사는 음식들 중
제일 좋은 밥이 바로 이 나물인걸요.
그것도 겨울이라 다 말라서
이런 풀도 없어서 못 먹습니다

그러니 노여워 마시고
이 세상에 하나 밖에 남겨놓지 못한 이 아들이
그래도 어머니가 그리워
자애로운 불쌍한 어머니를 차마 못잊어
있는대로 정성껏 차린 제사상이니
달갑게 이 상을 받아주세요

생전에
자식에게 깡그리 몰 부은 사랑
어쩌다가 생긴 한 술 풀죽까지
집안의 보배둥이 나만 혼자 먹이시고
스스로 허기를 달래다 못해 쓰러져
슬프게 돌아가신 어머니-

어머니,
그때는 미처 몰랐습니다
철이 없어 어머니를 굶겨 죽인
불효한 이 자식이 늦게야
한없는 그 사랑을 알았으니
오늘은 속후련히 목 놓아 울면서
다시 한번 눈물로 그 죄를 용서 빕니다

어머니,
이 자식은 그동안 컸사오니

제 걱정은 절대 하지 마십시오
아무쪼록 두 손 모아 명복을 비오니
부디 이 음식을 맛있게 드시고
시름 놓고 편하게 가세요…

아버지 생각

하나님,
하나님 아버지 덕분에
내가 지금 이만큼 컸어요

여름에는
내리는 빗물을 먹고
겨울에는
쌓이는 눈을 먹고
오늘까지 살 수 있어-

정- 먹을 것이 없으면
하늘에서 내리는 그것이
내 밥이었어요!

때로는
눈에 몹시 거슬리면
우박을 퍼부어
주먹으로 치듯
내 머리를 쥐어박고…

생전에
집이 너무 가난해
굶다 못해 온 가족이 쓰러지면
밥 대신 끓인 물에 소금을 풀어
맹물만 마시라 주시던 아버지–

때로는
너무 속이 타서
술 대신 어디 가서 알코올만 들이키고
한바탕 성깔을 부리시던
이제는 하늘 가신 주정뱅이
불쌍한 아버지 같았어요

하나님,
그래서 교회에 가면
하나님을 어머니라 하지 않고
아버지라 부르나 봅니다…

하나님께 쓰는 편지

하나님,
눈이 펑펑 오는 날
내 집에서 당신께 편지를 씁니다

내 집이라야
머리 위 저 하늘이 내 집 천정이고
엎드린 이 땅이 내 집 온돌인걸요

눈이 펑펑 오는 날
하이얀 대지를 백지 삼아
나뭇가지로 당신께 간절한 이 마음을 담아
그리운 그리운 편지를 씁니다

당신의 품으로 먼저 돌아간
아버지 어머니는 잘 계시는지요?
혹여 두고 온 이 자식이 너무너무 보고 싶어
아직도 눈물을 흘리고 계시지나 않는지
제 가슴이 미여지듯 미여지듯 쓰립니다

그보다도 하나님,
아버지 어머니께 전해주십시오

저는 지금 이 세상에서 잘 있습니다
밥도 이웃나라에 가서 배불리 빌어먹고
꿰진 솜옷도 두툼히 껴입고 다니니
아무 걱정 하지 않으셔도 됩니다

그런데 아버지 어머님
이 추운 겨울날
이 세상에 하나 밖에 남겨놓지 못한 이 아들이
혹시 엄청 큰 병에라도 걸려서
그만 잘못되기라도 할까봐
자나 깨나 그게 가장 큰 근심이라구요?

참, 아버지 어머님도
별난 걱정 다 하십니다그려!
가령 가장 기분 좋을 그 어느 날
진짜 제가 큰 불치의 병에라도 걸린다면
그거야말로 저한테는 기다리던 대행운일
두 분을 만나뵈러 가는 날이 코앞일 텐데
오히려 마땅히 기뻐하셔야지요?!

아무튼 하나님,
어느 날 당신께서 부르신다면
주저 없이 곧추* 길을 떠나겠습니다
무거웠던 이 세상 짐을 훨훨훨 다 부리우고

사무치게 그립던 아버지 어머니 만나러
설레이는 설레이는 가슴으로
홀가분하게 하늘나라로 가겠습니다…

* 곧추 – 곧바로, 즉시

맺음시

추 모 시

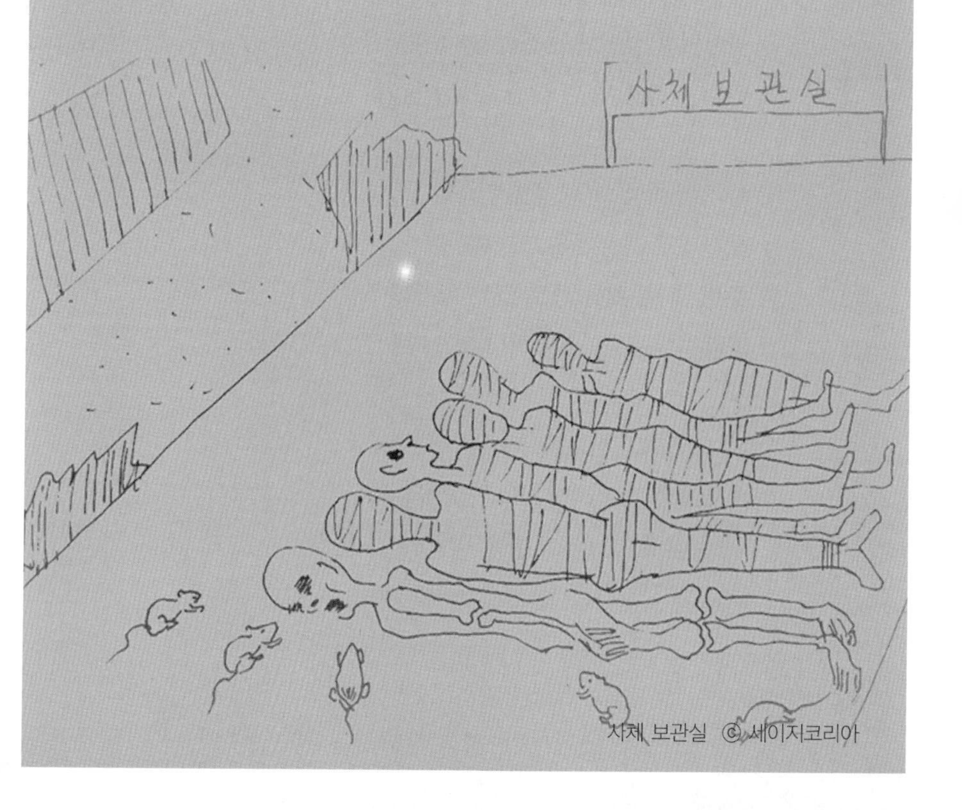

사체 보관실 ⓒ 세이지코리아

눈물에 푹– 젖은 이 한 권의 시집을…

– 한을 품고 떠나간 무수한 원혼들에게

1

봄이면 찾아왔다 가을 되면 날아가는
계절 따라 이동하는 철새처럼
그동안 몇 번인지 몇 십번인지 모른다
우리들이 국경을 넘나들며 오간 행적

이 나라 사람들 너무도 가난해
산지사방 걸식하는 꽃제비들이
빌어먹고 싶어도 구걸할 밥이 없어
하는 수 없이 울며 떠난 이국동냥길

하지만 어찌 그 백성을 탓하랴
풀뿌리로 겨우겨우 연명해가는
주린 제 배 채울 죽도 없는 처지에
꽃제비에게 줄 밥이 어디 있으랴?

죽지 못해 살아가는 궁핍한 민초들
우리는 동정할 뿐 나무라지 않는다
한 술이라도 그들의 밥을 빌지 않고자
잘사는 이웃나라 땅으로 찾아갈 뿐이다…

2

그렇게 넘어온 서러운 우리들을
그 무슨 나서 자란 조국마저 배반하는
무법천지 매국배속 역적 놈들이라
그 누가 함부로 매도한단 말이냐?

우리는 굶어죽지 않기 위하여
부득불 조국을 등진 불쌍한 고아들
밥이나 빌어먹으려고 울며 떠나온
애들에게 무슨 죄가 있단 말이냐??

죽지 않고 살려고 날아온 철새
그러한 죄 없는 순진한 우리에게
그토록 어마어마한 대역죄명을
왜 뒤집어씌워야 한단 말이냐 ???

부모님이 물려주신 귀한 이 생명
우리도 그 생명 보존할 권리가 있다
우리는 결코 절대 배신자가 아니다!
우리는 오히려 이 시대 영웅들이다!

3

그렇다! 우리는 이 시대의 영웅들
그러한 대견한 영웅들인 아이들에게
힘과 용기 주려고 깍지 걸어 맺은 언약
진지했던 그 약속이 지금도 기억난다

"이제 내가 죽지 않고 살아만 남는다면
이 시대 영웅인 너희들과 나를 위해
우리들의 '투쟁사'를 생생히 되살린
한 권의 비장한 일대기를 써주마…"

아느냐 지금은 우리도 '혁명가'란다
옛날에는 일본 놈이 우리 적이었지만
오늘은 생존을 위해 죽음과 박투하는
우리들의 더더욱 가렬*처절한 생사전장

나이가 너무 어려 철부지였던 연고로
총을 들고 적들과 싸우진 못했어도
사신과 고투했던 우리들의 그 모험기
어찌 한 편의 눈물겨운 투쟁사가 아니랴…?!

4

목숨 걸고 수없이 드나든 생사고비
날마다 삶과 죽음 그 갈림길에서
헐벗으며 굶주리며 병마에도 시날리나
꽃처럼 스러진 무수한 꽃제비들

언제면 추위와 굶주림 없는 세상
꿈같은 그러한 좋은 세상이 올까
진짜 오기나 올까 의심도 하고
손꼽아 고대하며 목마르던 친구들아

끝끝내는 그 날을 보지 못한 채
가슴속에 오래 품은 아름다운 꿈
작디작은 그 소원도 이루지 못하고
너희들은 다 갔구나 나만 혼자 남겨두고…

정녕코 한 벌 솜옷, 한 그릇 쌀밥
그것이 너희들에겐 과분한 욕심
저 하늘의 별따기처럼 이룰 수 없는
너무너무 아름찬 꿈이였더냐…???!

* 가렬– 치열하다

5

누구인들 생명이 귀중하지 않으리.
누구인들 제 삶이 소중하지 않으리.
하지만 하루하루 고통만을 번복하는
지옥 같은 그 생이 너무도 고달파-

어서 빨리 그 모든 불행을 끝내고자
차라리 삶보다도 죽음이 더욱 나아
때로는 스스로 목숨을 끊고 버리고
모든 걸 체념한 채 떠나야만 했던 무리

먹이도 주지 않는 초롱 속에 갇힌 새가
파닥파닥 빠져나오려 몸부림치다
세차게 창살을 폭폭 쫓던 그 부리로
새빠알간 피를 토하며 쓰러지듯

어둡고 캄캄한 그 땅을 벗어나
산 설고 물 설은 이국의 하늘아래
목메어 자유를 부르짖다 싸우다가
눈을 감지 못하고 떠나간 원혼들아!

6

누구보다 착한 성품 어리숙한 모습이나
누구보다 뜨거웠던 펄펄 끓던 가슴들
너희들의 가슴속에 응어리신 용과 한을
그 누가 풀어주고 위로할 수 있으랴?

걱정하지 말아라 강직했던 친구들아
이제 내가 풀어주고 내가 위로해주마!
너희들을 기념하여 내가 선뜻 나서리라
너희들의 이야기를 온 세상에 전해주마!

그 시절 그때 맺은 그 언약을 굳게 지켜
너희들과 함께했던 고난의 그 나날들
정다운 얼굴들을 하나하나 떠올리며
내 책으로 모두 써서 력사에 기록하마!

우리들의 가난하고 궁핍했던 그 삶을
우리들의 곤고하고 외로웠던 그 넋을
동고동락 함께 헤쳐온 내가 아니고서야
이 세상 그 누구가 제대로 쓸 수 있으랴?!

7

비록 낯설은 타향천리 이역에서
이름 없는 한 방울 이슬로 사라져도
그토록 생명을 열렬히 사랑했던
누구보다 불타는 삶에 대한 그 열망

지금도 떠오른다 불행했던 친구들아
굶어죽고 얼어죽고 병 걸려 죽으면서도
어찌하나 살아보려 발버둥, 몸부림
너무나도 처절했던 마지막 그 모습이…

나는 혼자 죽지 않고 살아남아서
지금은 숙성한 어른이 되었지만
차마 눈 뜨고는 도저히 볼 수 없었던
너희들의 최후를 내가 어찌 잊으랴?

오히려 행운스레 저만 혼자 살아남은
초췌한 내 모습이 못 견디게 죄스러워
너희들의 령전에서 무릎 꿇고 통곡한다
아, 미안하다 친구들아, 용서해다오 친구들아!

8

나는 원시 책 쓸 줄 모르는 무재한 사람
이름 있는 작가도 시인도 아니다
하지만 나는 쓴다 그보다도 꼭 써야 한다
너희들의 부탁을 차마 떨칠 수가 없어서…

내가 쓴 보잘것없는 이 한 권의 책으로
우리들의 아픈 삶을 알릴 수만 있다면
너희에게 한 가닥 위로라도 된다면
내 어찌 망설이고 마다할 수 있으랴?

더우기 나는 살면 반드시 책을 쓰마
너희들과 약속했던 빚을 진 사람
그때 한 그 언약을 늦게나마 지키고자
오늘은 드디어 이 책을 썼단다!

눈물에 푹- 젖은 이 한 권의 시집을
너무나 짧은 생을 고달프게 살다 간
한 맺힌 너희들의 령전에 삼가 바친다
아아, 사무치게 그립다 친구들아, 사랑한다 내 형제들아…!!!

-낯설은 이국 타향 OO에서

이 시집을 읽고 1

선혈 낭자한 경험만을 절규하고 있다는 일이 미안하고 슬프구나

송정숙 / 전 서울신문 논설위원, 보사부 장관 역임

우연히 시집을 한권 받았다. 제목이 「꽃제비의 소원」.

나는 이전부터 '꽃제비' 란 말이 싫었다.
당연하지 않은가.
그들은 태어나서 미래의 가능성에 아무런 흠도 만들지 않고 정신적으로나 육체적으로 살이 토실토실 올라 한 그루 싱싱한 작은 나무로 반듯반듯 서 있을 나이의 어린이들이다. 그런 아이들이, 잘못된 어른과, 나라, 사회 그리고 시대의 탓으로 거리에 내던져진 것이다. 그런 그들을, 몹쓸 소굴에 모여들어 재생 불량성의 전염병 걸린 인격이라도 된 것처럼 휩쓸어 그렇게 불러버리는, 이런 호칭이 싫었던 것이다. 우리가 예사로 그렇게 부르면 영영 그런 아이들로 자랄 것 같아 그렇게 부르는 일이 싫었다.
그런데 이런 제목이 시집이 되어버린 책을 받아 버린 것이다. 이래저래 들춰 읽어 보기기가 겁나고 뜨악해서 한 참 동안 미뤄 두었다.
그러나 그런 우리 행동이 비겁하고 책임회피적인 노정일 뿐임을, 또한 알고 있었으므로 마냥 그럴 수도 없는 일이었다.

과연, 이 시집 「꽃제비의 소원」은 분노가 너무 끓어올라서 한 편을 마음 놓고 읽을 수가 없는 것으로 채워져 있었다. 우리에게 이런 경험을 시키는 그런 집단이 바로 곁에 악마처럼 버티고 있다는 일이, 새삼 분통이 끓어오르게 한다.
시집 어디를 무작위로 들쳐도 한 덩어리의 피 뭉치처럼 담겨 있어서, 거기서 떼어낸 절규가 선혈이 뚝뚝 흐르는 채 저며져 나온다.
그곳에서 태어난 죄로, 너무나 재능 있는 꽃제비 출신의 가련한 여성시인 한 명이 선혈 낭자한 경험만을 절규하고 있다는 일이 미안하고 슬프다.

피할 수 있다면 이런 경험을 공유하는 고통을 외면하고 싶은 것이 우리의 당장의 심경임을 솔직하게 토로하고 싶다.
무릇 시(詩)란 아름다운 언어를 탁마(琢磨)해서 품격 높은 정서로 우리의 정신을 순화(醇化)시켜주는 언어의 연금술이기를, 우리는 기대한다. 이렇게 핏빛 원형을 그대로 담아 선혈이 낭자한 채 넘쳐나는 언어의 살기 묻은 가시는, 읽는 이를 당황하게 한다.
그러나 시인의 시적(詩的) 정서를 숙명적으로 휘감고 있는 이 혈흔의 두꺼운 껍질을 벗기지 않으면 그의 시의 세계는 거짓이 되어 버릴 것이다. 그러니 함부로 무책임하게 벗어 버리라고 할 수는 없을 것이다. 그것을 뚫고 나오지 않으면 시인은 창조의 분만을 할 수 없을 것이다. 숙명을 등에 지고 고통의 피땀을 흘리는 시인을 우리 또한 외면하는 위선이나 안일의 위장을 농할 수 없다. 그렇게 해서도 안 되는 운명임을 절박하게 우리로 하여금 깨닫지 않을 수가 없게 한다.

고통스럽지만 진실임이 분명한 한 권의 시집.
최근에도 그런 핏덩어리 같은 꽃제비들 9명을, 우리의 무관심과 비겁함으로 악의 손에 넘겨주고 말았다. 미안하고 부끄럽다.

<아기를 꼭 껴안고/ 엄마는/ 눈을 감지 못하고/ 크게 뜬채/ 누워서 죽고 // 텅빈 가슴 헤치고/ 아기는/ 그 위에 엎드려/ 젖을 문채/ 그채로 죽고// 둘이 모두 굶어죽은/ 그 옆을 지나며/ 사람들은 고개 돌려/ 외면한 채/ 똑바로 볼 념 안 한다…>.

그렇게 '볼 념 안 하는' 중에 우리는 들어 있다.
하도 '억이 막혀' 서 '그리운 왜정 시절' 을 노래하는 이 처

절한 외침을 따뜻한 남쪽나라 사람들은 몸으로 들어야 한다는 생각이 체념처럼 들게 한다.
시인의 시적 정서를 감싸고 있는 이 선혈 낭자한 피부의 깊숙한 안 쪽에는 보석같은, 빛나는 시어들이 생생히 숨쉬고 있을 것임을 의심하지 않는다.
그런 시들이 축복 속에 꽃필 날을 기대해 본다.

고통 받는 인민의 마음을 담아내다.

강철환 / 북한민주화운동본부 공동대표,
「수용소의 노래」 저자

백이무 시인을 처음 알게 된 것은 중국에서 사업하는 어느 한 지인을 통해서였다.

시인이라고 해서 북한에서 한때 너도나도 시를 쓴다는 평범한 북한사람일 것이라 생각했다.

예전 북한에 있을 때 문학창작활동을 잘 하면 김형직 사범대학에서 위탁교육을 받아 전문 문학인으로 성장할 수 있다는 포부 때문에 많은 젊은이들이 북한정권을 찬양하는 창작시를 만들어 떠드는 것을 보며 참 한심하다는 생각을 해서인지 북한에서 '시인' 이라고 하면 호감이 가지 않았었다.

나는 이메일을 통해서 백이무 시인과 처음 대화를 나누면서 비록 나보다는 나이가 한참 어리지만 보통사람이 아니라는 생각이 들었다. 북한정권에 대한 식견도 남달랐고 고통 받는 사람들에 대한 그 아픔을 공유하는 마음이 어쩌면 나와 같다는 생각이 들었다.

김씨 왕조체제에서 밑바닥을 경험하지 않고서는 알 수 없는 그 처절한 절규를 느낄 수 있었다.

그는 지금 중국을 거처 어느 지역에 머물러 있는데 북한에 남은 가족들을 끝까지 책임지기 위해 한국행을 택하지 않고 그곳에 숨어살면서 틈틈이 시를 쓰면서 생계를 이어간다고 했다.

그는 나에게 자기가 쓴 시가 있으니 한번 봐달라고 부탁했다. 그리고 그가 보내온 시를 읽으면서 나도 모르게 백이무 시의 세계에 빠져들었다.

김소월의 '진달래꽃' 을 보면서 시도 이렇게 멋있고 사람들의 마음을 잘 표현할 수 있다고 생각했었다. 하지만 백이무의 시는 북한정권을 고발하는 하나의 영화 같았고, 고통 받는 사람들의 마음을 헤아리는 외침 같았다.

사실 대한민국에서 과거 어려웠던 시절을 떠올리면 일제말기와 전쟁직후였다. 찢어지게 가난했던 시절이고 경제적으로 어려웠고 민주화 초기에는 군사정권에 의해 사람들의 인권이 유린되기도 했다는 사실을 느낄 수 있었다.

그러나 과거의 남한 군사정권이나 북한 정권을 동일시하는 남한사람들을 보면 가끔 화가 치밀어 오른다. 독재라고 다 같은 독재가 아니기 때문이다. 히틀러의 나치가 있었고 스탈린과 마오쩌둥(毛澤東)의 수령 독재도 있었다. 하지만 그런 폭압독재와 박정희 · 덩샤오핑(鄧小平)의 개발독재와 같을 수는 없다.

저 일본에서 쓰나미로 한꺼번에 수만 명이 떼죽음을 당하고 중국의 어느 지역에서 지진으로 많은 사람들이 희생당하는 것은 우리의 눈으로 보는 것이기 때문에 사람들은 그들의 아픔을 이해할 수 있다.

하지만 히틀러의 아우슈비츠처럼 연합군이 수용소를 해방하고 그 안을 보기 전까지는 거기서 어떤 끔찍한 일이 일어나고 있는지 사람들은 짐작하지 못했다.

지금 북한에서는 아우슈비츠와 같은 수용소뿐만이 아니라 사람들이 굶어서 수백만이 아사(餓死)했다. 그렇게 많은 사람들이 처참하게 죽어갔는데도 대한민국 사람들은 그들의 고통에 대해 전혀 알지 못한다. 눈에 보이는 것이 없기 때문이다.

하지만 백이무의 시는 그 북한을 보여주고 있다. 시가 아니라 북한의 참혹한 그 현실 그대로이고 인민의 신음소리 그 자체였다. 고통을 경험해보지 않고서는 쓸 수없는 그 참상을 시로 담아냈다.

북한 사람들은 지금의 북한을 일제보다 더 한 사회라고 말한다. 일제 강점기에도 그렇게 수백만이 굶어죽지 않았다고 했다. 일제 강점기에도 여행증 없이 여행 다닐

수 있었고 거주이전의 자유가 있었다. 적어도 장사하는 자유까지 일제는 박탈하지 않았다. 일제와 미제를 반대해 싸웠다는 자칭 '민족 영웅' 김일성은 권력을 사유화해 결국 나라를 일제시대 보다 더 열악한 인간 생지옥으로 만들었으니 그 뻔뻔함은 하늘을 찌르고 있다.

김일성, 김정일, 김정은에 이르는 3대세습은 북한을 세계에서 가장 잔인한 폭압국가로 만들었고 우리민족의 북쪽 사람들을 형언할 수없는 고통 속에서 반세기를 살게 만들었다.

백이무 시인은 시대의 선구자이자 아픔을 헤아리는 인민의 대변자이고, 독재 권력과 펜으로 싸우는 전사이다. 시인의 절규와 같은 시구절을 읽으며 북한 동포들의 고통을 함께 나누는 소중한 기회가 되기를 기대해 본다.

이 시를 읽고 3

'꽃제비의 나라'
참혹한 삶을 그린 탈북 천재시인의 절규!

황의준 / 뉴데일리 기자

지난 5월 30일.

15~23세의 어린 탈북자 9명이 死地로 되돌아 간 그날! 일명 '라오스사태' 를 기억하는가? 자유는커녕 밥 한끼를 찾아 헤매는 북한땅을 벗어나, 대한민국에 와서 살기를 갈망하던 그 천진한 소년 · 소녀 들을 기억 하는가?

라오스에서 탈북 '꽃제비' 들이 북한으로 강제송환되는 비극이 일어난 지금, 13년 넘게 북한과 중국에서 고단한 '꽃제비' 생활을 직접 체험한 '꽃제비' 여성의 시집이 〈최초로 국내에서 출판〉 되었다.

백이무라는 필명을 써야하는 27세 탈북자 여성! 그녀는 왜 꽃제비가 되었던가? 소녀시절 '문학신동' 으로 이름을 날린 그녀가 왜 가족까지 떠나 탈출해야 했던가?

현재 국내에 와있는 '탈북시인' 은 지난 2008년 「내 딸을 백원에 팝니다」란 시집을 출간한 장진성 씨를 비롯해 도명학 씨 등이 있지만 모두 김일성종합대학교를 나온 '엘리트 문인들' 이다.

백씨는 이렇게 말한다.

"장진성이란 분도 비교적 편안한 생활을 하던 웃부류 사람이기에 꽃제비 생활을 몰라요. 그러니 수준이 암만 있다 해도 체험이 없으니 제대로 표현하긴 힘들겠죠."

「꽃제비의 소원」 시집을 읽다보면 '꽃제비' 들과 이야기를 나누고 있다는 느낌을 받는다. 그만큼 시구 하나하나가 생생하다. 생생하되, 북한의 '비극적이고도 참담' 한 '꽃제비' 의 실상을 보여주기 때문에 충격적인 내용이 적지 않다.

그 중에서도 1990년대 중반 3백만 명이 굶어죽은 '고난의 행군' 때의 식량난이 적나라하게 묘사된 [최후의 몸부림]이란 제목의 시를 소개해 본다.

스스로 제집 식구 시신을 차마 먹을 수가 없어서 / 그래서 머리 좋은 한 사람이 드디어 생각해 낸 좋은 방식 - - / 앞마을 굶어죽은 늙은이와 뒷마을 얼어 죽은 늙은이를 / 서로 바꿔치기 해 먹었다는 이야기// (중략) // 오늘은 또 더 자극적 폭발뉴스 / 굶어죽은 꽃제비 각을 뜯어/ 개고기로 속여 팔다 들통난 사람 / 그 죄인을 끌어내다 총살한다나?

말로만 들어왔던 〈꽃제비〉들의 〈잔혹사〉가 피부로 와닿지 않은가? 배는 너무나도 굶주렸는데, 그래서 시신이라도 먹어야겠는데, 차마 제집 식구는 먹을 수 없고, 그래서 다른 마을의 시신과 바꾸어서, 그렇게 해서라도 생명을 연장해 갈 수 밖에 없는 '지옥과 같은 그 곳' – 〈북한〉

[나라의 축복]이라는 시를 한편 더 소개해 본다.

어린이 꽃제비들을 붙잡아 놓는 '2·13 수용소'의 절절한 실상을 알려주는 대목이 등장하는 시이다.

죄수복 입지 않았어도 / 여기선 하나같이 모두가 '죄인' / 그것도 희한한 '꼬마죄인' // (중략) // 이리저리 유리걸식 빌어먹으며 / 사회주의 우월체제 어지럽힌 죄 ––

'사회주의 우월체제 어지럽힌 죄인' 들을 가둔다는 2·13수용소는 불량청소년들을 격리하는 우리의 소년원에 해당하는 교정시설로 알려졌다. 2·13은 북한〈김정일〉이 〈꽃제비〉들을 잡아가두라고 지시한 날로 알려진다.

과연 헐벗고, 굶주리고, 자유 잃고, 억압받고, 인권도 없는 '어린 꽃제비' 들이 불량청소년들 일까? 1인독재 전체주의로 묶어버린 '수용소의 나라' 북한을 다시금 생각해볼 수 있게 해주는 '나라의 축복' 이다. 제목에 역설적으로 '축복' 이란 단어를 사용함으로써, '매일 배를 굶주리며 아픈 매 맞으며 죽도록 일하는 것보다는 차라리 수용소에서 하루빨리 뒈지는 것이 더 낫다' 는 '축복' 은 선군독재에 대한 분노를 새기는 '냉소주의' 그것이다.

라오스에서 탈북청소년들의 강제북송 소식을 듣고 목놓아 울었다는 백씨는 형편되는 대로 한국에 와서 문단에 정식 등단할 꿈도 지니고 있다.

"제가 시를 쓰는 것은 북에 대한 혁명사업이에요. 북에서 반대하는 시를 계속 쓰는 것이 나만의 혁명, 죽을 때 죽더라도 혼자서라도 남몰래 혁명을 해야지요. 죽어간 이들의 원한이 얼마나 깊은데…"

요즘 같이 북한인권이 다시 한 번 화두가 되고 김정은 정권이 궁지에 몰리는 시점에서, '북한 주민; 꽃제비' 들의 삶을 조명해주는 시집이 한국에서 출판된 것 역시 하나의 '축복' 이 아닐까. '꽃제비의 소원' 이란 시의 힘을 통해, 미국과 일본과 유럽에서 조차 결의된 북한인권법이 우리 국회에서도 통과되는 '기적' 이 일어나길 빈다.

후기

꽃제비의 눈물을 닦아주세요!

– 유엔국제아동기구, 선량한 세계인들에게

외롭게 이국에서 숨어 살지만
나는 지금 배고프지 않아요
그리고 그렇게 헐벗지도 않아요
바깥에서 쪽잠을 자지도 않아요

값 비싼 고운 옷은 아니지만
소박하게 깨끗이 빨아 입고
이밥도 하루 세끼 배불리 먹고
잠도 내 방이 아니래도 집에서 자요

상처만 랑자했던 아픈 계절
꽃제비 그 시절을 딛고 서서
이제는 다 숙성한 고운 아가씨
이쁘장한 숙녀로 자라났어요

하지만 내 마음속 어두운 그늘
영원히 지지 않는 쓰라린 상처

아직도 꽃제비 소녀 하나가
밥 달라 동냥하며 울고 있어요

헐벗은 누더기옷 신 없는 맨발
머리는 까치둥지 때 얼룩 얼굴
초점 잃은 애처로운 슬픈 눈동자
샘솟듯 그 눈물은 멈출줄 몰라요

집 구들에 오롱조롱 널려있는
배고파 울고 있을 동생들 생각에
빈 깡통 종일 들고 오락가락
정처없이 네거리를 떠돌고 있어요

지금도 구걸하는 아이를 보면
내 눈물은 또다시 흘러내려요
떠돌던 어제날 내 모습이 떠올라
그애들이 울면 나도 함께 울어요

그애들을 못본척 하지 말아요
모두 함께 구원의 손길을 내밀어
그애들의 얼굴에서 흐르는 눈물
꽃제비의 눈물을 닦아주세요…

– 2013년 6월 20일, 머나먼 이국땅 ○○에서
저자 백이무

탈북 천재방랑시인의 외침 **1**

꽃제비의 소원

지은이 | [illegible]
만든이 | 하경숙
만든곳 | 글마당

(등록 제02-1-253호, 1995. 6. 23)
펴낸날 | 2013년 6월 10일 1쇄
2013년 7월 10일 3쇄
주소 | 서울 강남우체국사서함 1253호
전화 | (02) 451-1227
팩스 | (02) 6280-9003

홈페이지 | www.gulmadang.com / 글마당.com
페 북 | www.facebook/gulmadang
E-mail | 12him@naver.com

값 12,000원

□ 이 책의 인세와 수익금 일부는 저자와 그 가족들을 돕는데 쓰여집니다.

ISBN 89-87669-91-5 (03810)

탈북 천재방랑시인의 외침: 1
꽃제비의 소원/ 백이무 지음, --[서울] : 글마당, 2013

811.7-KDC5
895.715-DDC21 CIP2013008272

이 도서의 국립중앙도서관 출판시도서목록(CIP)은
e-CIP홈페이지 (http://www.nl.go.kr/ecip)에서 이용하실 수 있습니다.